अनाथ

राहुल सांकृत्यायन

प्रभाकर प्रकाशन

HB ISBN:978-93-56827-49-3

ISBN: 978-93-56824-84-3

eISBN: 978-93-56828-03-2

© प्रकाशकाधीन

प्रकाशक: प्रभाकर प्रकाशन

प्लॉट नं.-55, मेन मदर डेयरी रोड

पांडव नगर, ईस्ट दिल्ली-110092

फोन: 011-40395855

व्हाट्स ऐप: +91 9319228272

ई-मेल: sales@pharosbooks.in

वेबसाइट: www.prabhakarprakashan.com

प्रथम संस्करण: 2024

मुद्रक: सुषमा बुक बाईंडिंग हाउस ओखला इंडस्ट्रियल एरिया फेस-II, नई दिल्ली-110020

अनाथ

राहुल सांकृत्यायन

अनुवादक की ओर से

"अनाथ" ऐनी का एक छोटा उपन्यास है जिसे उन्होंने बालकों के लिए मुख्यतः ताजिक और उज्बेक बालक-बालिकाओं के लिए लिखा है जिनके प्रजातंत्र अफगानिस्तान की सीमा पर पड़ते हैं। 1917 की क्रान्ति से 13-14 वर्ष बाद तक यह सीमान्त बहुत अशान्त रहा। जब अमीर बुखारा का तख़्त डगमगाने लगा और सदियों के शोषित-उत्पीड़ित अपने निष्ठुर शोषकों के विरुद्ध उठ खड़े हुए, तो "धर्म डूबा" का नाम लेकर देश में आग लगाई गयी, बच्चों बूढ़ों की निर्मम हत्यायें की गयीं, गाँव के गाँव जला दिये गये, धर्मयोद्धा और गाजी बनकर अत्याचारियों ने धर्म के नाम पर जनता पर हर तरह का जुल्म किया। इन अत्याचारों का विस्तृत वर्णन ऐनी ने अपने बड़े उपन्यासों "दाखुन्दा" और "जो दास थे" (गुलामाँ) में किया है। यहाँ भी उन अत्याचारों का संक्षिप्त वर्णन आया है ऐनी की पुस्तक मुख्यतया सीमान्त के तरुण-तरुणियों को यह हृदयस्थ कराने के लिए लिखी गयी है कि मातृभूमि की सीमा-रक्षा के लिए उन्हें कितना सजग रहने की आवश्यकता है। लेखक को कभी ख़याल भी नहीं आया होगा कि उसकी यह पुस्तिका स्वतंत्र भारत की राष्ट्रभाषा हिन्दी में अनूदित होगी।

हमारे पाठकों का इस पुस्तिका द्वारा कितना मनोरंजन होगा, इसे तो पाठक ही बतलायेंगे, लेकिन उनकी आँख इससे जरूर खुलेगी और वह समझेंगे कि शोषक वर्ग धर्मान्धता का कहाँ तक आश्रय ले सकता है।

अमीर और उसके पिट्ठुओं को देश छोड़कर अफगानिस्तान भागना पड़ा। अफगानिस्तान का एक तटस्थ देश के तौर पर कर्तव्य था कि वह अपनी भूमि को मध्य एशिया की नयी शक्ति के विरुद्ध युद्ध की तैयारी का अखाड़ा न बनने देता, लेकिन यह नहीं हुआ। सोवियत मध्य एशिया के भगोड़े हथियार जमा करते थे, आदमी तैयार करते थे और फिर उन्हें सीमान्त की नदी आमू (वक्षु) पार करा सोवियत

देश में लूटमार करने के लिये भेजे जाते थे। सोवियत को अधिकार था कि यदि तटस्थ पड़ोसी तटस्थता का धर्म छोड़ दे और दुश्मनों को न सिर्फ शरण दे, बल्कि युद्ध की तैयारी की सारी सुविधा दे, तो वह उसके भीतर तक अपने दुश्मनों का पीछा करे। यद्यपि अफगानिस्तान लारियों, पेट्रोल, तोपें नहीं दे रहा था, तो भी अफगानिस्तान के अमीर की भगोड़े गाजियों के प्रति सहानुभूति थी, तभी वह 1931 तक उपद्रव में कुछ-न-कुछ सहायता देने में समर्थ रहा, लेकिन धीरे-धीरे सारे सीमान्त को इतना मजबूत कर दिया गया कि गाजियों के लिए कूदकर वहाँ पहुँचने के लिए एक अंगुल भी जमीन न रह गयी। सीमान्तों तक कलखोज (पंचायती खेतीवाले गाँव) भर गये। गाँव का हर एक परिवार एक सम्मिलित परिवार-सा हो गया। सभी तरुण-तरुणियों जहाँ एक और शिक्षित हो गये, वहाँ हथियार चलाने में भी सिद्धहस्त बन गये।

“अनाथ” में सीमान्त-पार से होनेवाले जिन उपद्रवों का वर्णन आया है, उसका आरम्भ हमारी सीमा पर भी कश्मीर में हो गया है। पाकिस्तान कहीं अधिक इस काम में भाग ले रहा है और हर जगह धर्म के नाम पर उत्तेजित करके लोगों को उसी तरह “मुजाहिद” (धर्मयोद्धा) बनाकर भेज रहा है जिस तरह अमरीकी मदद के लिए अफगान (पठान) मुजाहिद बुखारा तक पहुँचे थे। उन्हीं की सहायता से अमीर भागकर सुरक्षित अफगानिस्तान में पहुँच सका। वहीं अफगान मुजाहिद कश्मीर में भी इस्लाम की रक्षा करने के लिए पहुँचे हैं। हमें यह आशा नहीं रखनी चाहिए कि एक वार कश्मीर से इन मुजाहिदों को निकाल देने पर शान्ति स्थापित हो जायगी। पहाड़ों में कितने ही सालों तक छुट-पुट लूटमार जारी रहेगी जिसका अन्त हम कश्मीर की जनता को शिक्षित और सुखी बना करके ही कर सकते हैं।

ऐनी के बारे में पाठक जानना चाहेंगे। संक्षेप में हम कह सकते हैं कि ऐनी सोवियत मध्य एशिया के प्रेमचन्द है। विशेष जिज्ञासा रखने वालों के लिए यहाँ उनके बारे में हम कुछ और देते हैं। मेरे कहने पर उन्होंने अत्यन्त संक्षेप में अपनी जीवन-घटनाएँ लिख भेजी थीं जिन्हें मैं वहाँ उद्धृत करता हूँ–

“मैं 1878 में बुखारा जिले के गिजदुवान तहसील के साकतारी गाँव में एक गरीब किसान के घर पैदा हुआ। बारह साल की आयु में अनाथ हो गया। बड़ा भाई (हाजी सिराजुद्दीन खोजा) बुखारा में पढ़ रहा। उसने मुझे अपने साथ कर लिया। मैं वहाँ

पेट के लिए काम करता और पढ़ता रहा। मदरसा आलिमजान में एक साल चौकीदारी का भी काम किया। 1905 से अध्यापकी करते समय मकतबों के लिए पाठ्य पुस्तकें लिखता रहा। 1915-16 में एक साल किजिल-तप्पा के कपास के कारखाने के कटाई के आफिस में काम किया।

1916 में बुखारा के एक मदरसे में मुदर्रिस (प्रधानाध्यापक) नियुक्त हुआ। 1917 के राष्ट्रीय आन्दोलन या फरवरी क्रान्ति में अमीर के विरुद्ध भाग लिया। 16 अप्रैल को गिरफ्तार कर मुझे 75 कोड़े मारे गये और "आबखाना" नामक जेल में डाल दिया गया। रूसी क्रान्तिकारी सेना ने मुझे जेल से निकालकर कगान के अस्पताल में रख दिया जहाँ 52 दिन रहकर स्वस्थ हुआ। 17 जून (1917) को समरकन्द आया। तब से आज तक समरकन्द नगर मेरा निवास स्थान है।

मार्च, 1918 में कोलिसोफ के सैनिक आक्रमण के समय मेरे छोटे भाई को–जो कि मुदर्रिस था–पकड़वाकर अमीर ने मरवा दिया। 1918 से सोवियत के कालेज में पढ़ने लगा। साथ ही 1917-21 तक समरकन्द के दैनिक और मासिक पत्रों में साहित्यिक सम्पादक का भी काम करता रहा। बुखारा की कान्ति में भाग लिया और अमीर के विरुद्ध जनता को भड़काया। 1922 में मेरे बड़े भाई (सिराजुद्दीन) को साकतारी गाँव में बासमचियों (मजहबी डाकुओं) ने मार डाला। 1921 के अन्त से 1923 तक सोवियत जन-प्रजातंत्र बुखारा के वकील (गवर्नर) के नायब के तौर पर समरकन्द में काम करता रहा।

"1923 के अन्त से 1925 तक समरकन्द में सरकारी व्यापार का डायरेक्टर (संचालक) रहा। फिर 1926-33 तक तिर्मिज में साहित्यिक और आनुसंधानिक डायरेक्टर का काम करता रहा। सितम्बर, 1933 में ताजिक सरकार ने मुझे पेन्शन देकर काम से छुट्टी दे दी, ताकि मैं घर पर रहकर स्वतंत्रतापूर्वक अपना साहित्य अनुसंधान-सम्बन्धी काम कर सकूँ।"

"1935 से मैं उज्बेकिस्तान के ऊँचे शिक्षणालयों–उज्बेक सरकारी यूनिवर्सिटी (समरकन्द), समरकन्द ट्रेनिंग कालेज, ताशकन्द ट्रेनिंग कालेज, ताशकन्द ला-कालेज, मध्य एशिया यूनिवर्सिटी (ताशकन्द) के एम० ए०, डाक्टर उम्मीदवार और डाक्टर की परीक्षाओं का परीक्षक तथा सलाहकार होता हूँ। इस वक्त

मध्य एशिया यूनिवर्सिटी के डाक्टर विद्यार्थी इब्राहीम मोमिनोफ, उज्बेक यूनिवर्सिटी के डाक्टर-विद्यार्थी वाहिद अब्दुल्ला, डाक्टर उम्मीदवार के विद्यार्थी मिर्जाजादा तथा ताशकन्द ट्रेनिंग कालेज के एम० ए० विद्यार्थी मरदन शरीफजादा और सदारत अयुबजानीफ मेरी देख-रेख में अपने निबन्धों के बारे में अनुसन्धान कर रहे हैं।

"1923 में मैं ताजिक सोवियत समाजवादी प्रजातन्त्र की केन्द्रीय समिति का मेम्बर चुना गया। 1929-38 तक मैं उसका मेम्बर रहा। 1931 में ताजिक सरकार ने मुझे "लाल श्रम-ध्वज" का पदक प्रदान किया। 1935 में ताजिक सरकार ने एक मोटर और एक निवास-गृह प्रदान किया। इसी समय उज्बेक सरकार ने सनद और रेडियो दिया।

"1923 में अखिल सोवियत लेखक संघ का मेम्बर चुना गया। 1934-44 तक अखिल सोवियत-लेखक-संघ के प्रधान मण्डल (प्रेसीदियम) और ताजिकिस्तान तथा उज्बेकिस्तान के लेखक संघों की ऊपरी समितियों का भी मेम्बर रहा। अप्रैल, 1941 में सोवियत सरकार ने "लेनिन-पदक" प्रदान किया। 1943 में उज्बेक साइन्स अकादमी का माननीय सदस्य निर्वाचित हुआ। (युद्ध समाप्ति के बाद) "हिम्मत के काम के लिए" पदक मिला। 1939 में स्तालिनवाद की तरफ से सोवियत पार्लियामेंट का मेम्बर चुना गया। 26, अक्टूबर 1940 में "ताजिकिस्तान-सोवियत-समाजवादी प्रजातंत्र का सम्मानित साइन्सी नेता" की उपाधि मिली। अक्टूबर, 1946 में उज्बेक यूनिवर्सिटी (समरकन्द) की साहित्य-फैकल्टी का डीन (अध्यक्ष) बनाया गया।"

(समरकन्द) 23 अप्रैल, 1947   'ऐनी'

इस संक्षिप्त पत्र से ऐनी के जीवन के बारे में कितनी ही बातें मालूम हो जाती है। ऐनी का लड़कपन बहुत कष्ट का जीवन था। उस समय स्कूलों के नाम पर मसजिदों में मकतब हुआ करते थे जहाँ लड़के पढ़ते कम और मुल्ला के डंडे ज्यादा खाते थे। ऐनी ने अपने मकतब के बारे में एक छोटी पुस्तक लिखी है जिसमें एक जगह बतलाया है–"6 साल की उम्र में माँ-बाप मुझे मसजिद के मदरसे में ले गये—मदरसे का मकान केवल 9 x 6 वर्ग गज का था जिसे लकड़ी के कटघरों से 9 भागों में बाँट दिया गया था। विद्यार्थी इन्हीं 9 कटघरों में ढोरों की तरह बैठते थे। मुल्ला का डंडा सदा सिर पर तैयार रहता था। विद्यार्थी बिना समझे कुरान की आयतों को जोर-जोर से दुहराया करते

थे। मैंने अपने जीवन में दो स्वतंत्रताओं का अनुभव किया है जिसमें एक को 42 साल की उम्र में, जबकि 75 कोड़े खाकर जेल में पड़े रहने पर मुझे छुड़ाया गया और दूसरी 36 साल पहले 6 साल की आयु में, जबकि मुझे मकतब न जाने की आज्ञा मिल गयी। मैं नहीं कह सकता, दोनों में किसको मैंने अधिक पसन्द किया।"

12 साल की उम्र में ऐनी भाई के साथ बुखारा चले गये। बुखारा सातवीं सदी से ही इस्लामी दुनिया का एक बहुत बड़ा शिक्षा केन्द्र रहता चला आया था जबकि बनारस को यह सौभाग्य चार सदी बाद मिला। इस्लामी विद्या की दृष्टि से बुखारा का वही स्थान था जो हिन्दुओं के लिए बनारस का। अमरीकी राजधानी और सरदारों तथा धनियों का निवास स्थान होने से जहाँ एक ओर विलास में पैसा पानी की तरह बहाया जाता था, तो दूसरी ओर भारी संख्या में लोग असह्य दरिद्रता भोग रहे थे। एक और सैकड़ों वर्ष से स्थापित बड़े-बड़े मदरसों में प्राचीन विद्या के कितने ही धुरंधर विद्वान् विद्या-दान कर रहे थे, तो दूसरी ओर घोर अज्ञानान्धकार छाया हुआ था। कुछ नौजवानों को तुर्की के "नौजवान तुर्क" की हवा लगी थी और वह अमरीकी निरंकुशता को हटाने की बात सोचने लगे थे, लेकिन बुखारा सिर्फ एक निरंकुशता के नीचे दबकर कराह नहीं रहा था। उसके ऊपर सबसे बड़ी निरंकुश जारशाही की छाया भी फैली हुई थी। तुर्की की देखा-देखी बुखारा में भी "जदीद" (नवीनतावादी) आन्दोलन भीतर ही भीतर शुरू हुआ। ऐनी और उसके भाई आन्दोलन के संस्थापकों में से थे, इसी कारण दो भाइयों की बलि चढ़ना पड़ा।

बासमची ऐनी का तो कुछ नहीं बिगाड़ सकते थे, क्योंकि वह सोवियत के इलाके (समरकन्द) में रहते थे। उनके बड़े भाई को जब साकतारी गाँव में बासमचियों ने मारा, तो वे चाहते थे कि उनके बाल-बच्चों का भी सफाया कर दें; लेकिन सातकारी के खोजा (सैयद) लोगों का धार्मिक दुनिया में बहुत सम्मान था। उनके खानदान के बुजुर्गों की समाधियाँ पूजी जाती थीं। जब गाँव के खोजा लोगों को मालूम हुआ, तो वे बासमचियों के पास गये और कहा पहले हमें मार दो, फिर इन बच्चों और स्त्रियों को हाथ लगाना। बासमचियों की इतनी हिम्मत न हुई। इस तरह खानदान बाल-बाल बच गया।

ऐनी ग्रन्थ ही नहीं लिखते रहे है, बल्कि पंचवार्षिक योजनाओं के समय जगह-जगह घूमकर वहाँ होते निर्माण के सम्बन्ध में पत्रों में लेख लिखते रहे हैं। इन निर्माणों में वक्षु-उपत्यका की नहर और बिजली के कारखाने भी सम्मिलित हैं। ताजिक नौजवानों की दूसरी पीढ़ी के निर्माण में ऐनी का खास हाथ रहा है। लेखक और कवि अपनी कृतियों के हस्तलेखों को उनके पास भेजते है और वह उन्हें परामर्श देते हैं। 1947 के चुनाव में ऐनी ताजिक पार्लियामेंट के मेम्बर चुने गये।

ऐनी के उपन्यास 'दाखुन्दा' (हिन्दी अनुवाद छप चुका है) के बारे में लिखते हुए दयाकोफ ने कहा है: "सदरुद्दीन ऐनी का उपन्यास 'दाखुन्दा' अमीर के जमाने के पूर्वी बुखारा (ताजिकिस्तान) जीवन पर पहला सबसे बड़ा ग्रंथ है। हमने ऐनी को पहले-पहल उपन्यासकार के तौर पर 'आदीना' में देखा, लेकिन 'दाखुन्दा' दूसरी चीज है। 'दाखुन्दा' साहित्य कला की एक बहुमूल्य कृति ही नहीं है, बल्कि उसका महत्त्व इस बात में भी है कि इसमें बुखारा और ताजिकिस्तान की सबसे महत्त्वपूर्ण ऐतिहासिक घटनाओं और वर्गयुद्ध का चित्र खींचा गया है। 'दाखुन्दा' में वर्णित घटनाएँ सदा अपना राजनीतिक महत्त्व रखेंगी।"

"इस उपन्यास का लेखक जदीद-आन्दोलन का एक नामी व्यक्ति और बुखारा के क्रान्तिकारी आन्दोलन में शुरू से ही काम करने वाला रहा है। इसलिए बुखारा-क्रान्ति की घटनाओं का विवरण उसके मुँह से सुनना, उसकी कलम से पढ़ना एक खास महत्त्व रखता है।"

"ऐनी यद्यपि उन व्यक्तियों में से है जिन्होंने बुखारा में जदीद-आन्दोलन की नींव डाली, लेकिन वह जदीदों और उनके आदर्शों का रंगीन चित्र नहीं खींचता, बल्कि जदीदों के असली चित्र को बिलकुल तटस्थता के साथ घटनाओं के आधार पर पाठकों के सामने रखता है। ऐनी ने 'दाखुन्दा' में कलापूर्ण, किन्तु सीधी-सादी भाषा में बतलाया है: " जदीद मध्यमवर्ग के सुधारक समुदाय के प्रतिनिधि थे। कष्टों से पीड़ित साधारण जनता से उनका कोई सम्बन्ध न था और न वे उनके हकों की हिमायत करते थे। 'दाखुन्दा' में पूर्वी बुखारा (ताजिकिस्तान) में बासमचियों का पैदा होना, अनवर पाशा का आकर उनमें मिल जाना तथा जदीदों के अनवर तथा बासमचियों से सम्बन्ध को बड़े विस्तार के साथ बतलाया गया है। इसलिए 'दाखुन्दा' को सिर्फ

एक साहित्यिककला की कृति ही नहीं समझना चाहिए, बल्कि मध्य-एशिया की एक बहुत महत्त्वपूर्ण क्रान्ति की ऐतिहासिक कृति के तौर पर देखना चाहिए।”

16 नवम्बर 1935 को स्तालिनवाद और दूसरी जगहों में ऐनी के लेखक-जीवन की तीससाल जुबली मनायी गयी। उसमे ताजिक सरकार के एक मंत्री ने भाषण देते हुए कहा:

“सामन्तशाही प्राची में रूदकी, फिरदौसी, सादी, उमर खैयाम्, हाफिज जैसे कितने ही महान् विचारक और साहित्यकार पैदा हुए, लेकिन यद्यपि वे फाँसी पर चढ़ने से बच पाये, तो भी हमेशा उन्हें कष्ट दिया जाता रहा या वे देश-निर्वासित रहे। विश्व कवि और दार्शनिक नासिर खुसरो की एक जीवन-घटना इस प्रकार है। एक दिन वह नेशापुर नगर में पहुँचे। दूर से पैदल चलकर आये थे, इसलिये जूते फट गये थे। उन्होंने उन्हें सीने के लिए मोची को दे दिया। इसी समय शहर में हो-हल्ला मचा। मोची अपने हथियारों के साथ उस तरफ भागा। घंटा भर बाद अपने रक्त-रंजित उदर-आवरक के साथ लौट आया। ‘वहाँ क्या बात थी।’–नासिर खुसरो ने पूछा। मोची ने जवाब दिया–‘एक अधर्मी अनीश्वरवादी आदमी जिसका नाम भी लेने से पाप होता है–का शिष्य हमारे नगर में आया है।’ कवि ने आग्रहपूर्वक पूछा–‘जैसे भी हो, उसका नाम बताओ।’ मोची ने जवाब दिया–‘उस पापी का नाम नासिर खुसरो है। अभी धर्मयुद्ध घोषित हुआ और उसके शिष्य की बोटियाँ-बोटियाँ उड़ा दी गयीं। मैं जरा देर से पहुँचा और सिर्फ अपने उदर-आवरक को ही उसके खून से तर कर पाया। इसमे भी पुण्य है, मगर उतना नहीं।’ ‘बहुत ठीक’–कवि ने उत्तर दिया, किन्तु इस घटना को सुनकर उसका दिल काँप गया। वह सोचने लगा, यदि लोग मेरे शिष्य के साथ ऐसा कर सकते है, तो जान पाने पर मेरी क्या गत बनायेंगे? वह एकाएक अपनी जगह से उठा और चिल्लाकर बोला, ‘नहीं, मैं इस नगर में नहीं ठहर सकता जहाँ ऐसे पतित के शिष्य रहते हैं।’ और वह बिना जूते लिये नगर से नंगे पाँव चला गया। यह था सामंतशाही प्राची में महान कलाकारों के साथ बर्ताव।

“अदीना” (ऐनी का प्रथम उपन्यास) ताजिक साहित्य का यदि पहला उपन्यास है, तो सदरुद्दीन का दूसरा उपन्यास ‘दाखुन्दा’ निश्चय सर्वश्रेष्ठ ग्रंथ है। ऐनी का नया उपन्यास ‘जो दास थे’ (गुलामान) इतिहास के एक भाग का बहुत ही ज्ञानपूर्ण चित्रण

है और शुरु से लेकर प्रजातंत्र में कलखोजों की स्थापना और नये जीवन के निर्माण तक पाठक को ले जाता है।... ऐनी की क्या विशेषता है? ऐनी किस तरह का श्रेष्ठ लेखक है? सबसे पहला और बड़ा काम ऐनी का है, लम्बे ऐतिहासिक काल में भीतर आ घुसे अरबी के शब्दों से ताजिक भाषा को शुद्ध करना। इसीलिए सर्व साधारण के लिए सरल उनकी पुस्तकों से जनता ने भारी सख्या में लाभ उठाया।

"ताजिक-सोवियत समाजवादी प्रजातंत्र की केन्द्रीय कार्यसमिति के स्थायी सदस्य के तौर पर ऐनी ने हमारे प्रजातन्त्र की सस्कृति के निर्माण और स्कूलों की समस्याओं को हल करने के क्षेत्र में भारी काम किया है।... हमारे माननीय गुरु सदरुद्दीन ऐनी अधिक वर्षों तक हममें रहे और शत्रुओं को भयभीत कर हमारी समाजवादी जन्म भूमि की भलाई के कार्य में दत्तचित्त रहे।"

ऐनी के जीवन को देखने से मालूम हो रहा है कि सोवियत शासन में लेखकों और कलाकारों के लिए कितना ऊँचा स्थान है।

राहुल सांकृत्यायन

प्रथम भाग

सन् 1921, फरवरी का महीना था। आमू (वक्षु) दरिया के किनारे का वृक्ष-वनस्पतिहीन समतल बयावान निर्जीव-सा दिखलायी पडता था। सिर्फ दक्षिण से अफगानी हवा सनसनाहट करती आ रही थी जो इस निर्जीव भूमि में मृत्युकाल की गति-सी जान पड़ती थी। हवा के साथ उड़ती धूल ने काले बादल की तरह सूर्य को आच्छादित कर रखा था और दिन रात की तरह जान पड़ता था। वहाँ कोई चीज दिखलायी नहीं पड़ रही थी।

अनाथ की आयु अभी बारह वर्ष भी पूरी नहीं हुई थी। उसने आँधी के आरम्भ होते ही हौज-जैसे बने भेड़खाने में बाय (मालिक) की भेड़ों को लाकर रखा और स्वयं द्वार पर पहरा देने लगा। उस आँधी में बाहर खड़े बच्चे की आँख-मुँह में बालू भर गयी। वह आँखों को हाथ से मजबूती के साथ ढाँककर मुँह को नीचे की ओर करके जमीन पर लेट गया।

अभी आँधी शान्त न हुई थी कि हिममिश्रित वर्षा पड़ने लगी और बच्चे के पतले और चगदा-चगदा हुई कंचुक से होकर बूँद उसके बदन को भेधने लगीं।

बच्चा इस यातना को न सह सका और अपने शिर को जमीन से उठाकर सीधे बैठ गया। बयावान के एक किनारे, जहाँ कि वर्षा के कारण गर्द और धूल साफ हो गयी थी, भेड़-बकरियों के गिरोह, घोड़ों और पशुओं के गल्ले दिखलायी पड़े। जानवर

उत्तर से दक्षिण की ओर, आमू नदी की तरफ दौड़े जा रहे थे। भेड़खाने में बंद भेड़ों ने इन भागते मालों के खुरों की आवाज सुनी तो उनमें भी हलचल मच गयी।

बच्चा डरने लगा। उसका शरीर सर्दी से सूज गया था और अब वह भय से काँपने लगा। वह सोचने लगा, "यदि मेरे हाथ में सौंपी भेड़ें तूफान में ताबड़तोड़ भागते इन जानवरों के साथ भाग चलीं, तो मालिक मुझे मारे बिना न छोड़ेगा।"

बच्चा मदार और दूसरी झाड़ियों को लेकर कूरा (भेड़खाना) के मुँह को मजबूती से बाँधकर हाथ में चरवाहों की लाठी लेकर रखवाली करते हुए घूमने लगा।

भागकर आये जानवर कूरा के सामने आकर उसके दोनों ओर से निकले। कूरा के भीतर की भेड़ें उन्हें देखकर बाहर आने का प्रयत्न करने लगीं, लेकिन लड़के ने डंडा मार-मारकर उन्हें बाहर नहीं आने दिया।

जानवरों के निकल जाने पर उनके पीछे, भाला हाथों में लिए पच्चीस-तीस घोड़सवार आये। उनमें से एक सवार ने कूरा के पास पहुँच घोड़े से उतरकर उसके मुँह पर रखी शाखाओं और झाड़ियों को बाहर फेंक दिया और भेड़ों के बाहर निकलने का रास्ता खोल दिया। यह देखकर लड़के ने उस आदमी की तरफ निगाह करके कहा–चचा! क्या कर रहे हो! क्यों हमारी भेड़ों को भगा रहे हो! यदि इनमें से एक भी गुम हो गयी, तो बाय मुझे मारे बिना न छोड़ेगा।

आदमी ने जवाब दिया–जनाब-आली (बुखारा के अमीर) बोलशेविकों (के डर) से भागकर नदी पार हो गये हैं। उनके पीछे-पीछे बाय (सेठ-जमींदार) अपने घर के निर्जीव-सजीव माल को लेकर नदी (वक्षु) पार कर गये। हम बयावान में रह गये। जानवरों को नदी पार कराने के लिए यहाँ थे। अब तेरी भेड़ों को भी उन्हीं प्राणियों के साथ नदी पार करायेंगे। तू क्यों डर रहा है?

भेड़ों के कूरा से निकल दूसरे जानवरों के साथ हो जाने के बाद आदमी अपने घोड़ों पर सवार होकर पीछे-पीछे चलने लगा।

–मेरी माँ का क्या हुआ होगा? हाय मेरी मादरजान! वह बाय के पास थी। कहाँ है मेरी मैया–कहकर बच्चा रोने लगा।

तेरी माँ भी नदी पार हो गयी–वहाँ पहुँचे दूसरे सवार ने बच्चे से कहा। लड़के ने इस सवार की ओर देखकर उसे पहचान लिया। वह उसके मालिक का साला शाकुल

था। बच्चे को निश्चय हो गया कि उसकी माँ भी नदी पार हो गयी। उसके मन में भी नदी पार होकर माँ के पास पहुँचने की इच्छा हुई और वह भी पशुओं को हाँक कर ले जाने वाले आदमियों के पीछे-पीछे चल पड़ा।

आमू नदी के पासवाले एक गाँव में एशानकुल नाम का एक बाय रहता था। उसके पास बहुत धरती-पानी था और उसकी खेती में बहुत से मजूर काम करते थे, लेकिन उसकी आमदनी का सबसे अधिक साधन पशुपालन था। बाय के नौकरों में एक मुराद भी था जो चरवाही करता था। वह चालीस के करीब पहुँच चुका था, लेकिन अभी तक उसने ब्याह नहीं किया था–या कहना चाहिए कि वह ब्याह नहीं कर सका था। वह बाय के घर में 25 साल से काम करता आ रहा था, लेकिन मजूरी में से कुछ भी बचा नहीं सका था। बाय से जो कुछ उसे मिलता था, उससे वह कठिनाई से ही अपनी दादी फातिमा बीबी और उसकी अनाथा पोती सारा के हर रोज के खाने को जुटा पाता था। फातिमा बीबी अपने पोते की नेकी को नहीं भूली। बायों के खरीदकर अपनी बीबी बनाने की इच्छा प्रगट करने पर भी उसने अपनी पोती सारा को एक कटोरा पानी के बदले मुराद को ब्याहकर उसे घर जमाई बनाया।

ब्याह होने के बाद कभी-कभी ही वह बाय का काम छोड़कर अपने घर जाता। जाने पर भी रात भर वहाँ रहकर सूर्योदय से पहले ही स्वामी की सेवा में आ पहुँचता।

ब्याह होने के एक-आध साल बाद फातिमा बीबी मर गयी। उस वक्त मालिक की भेड़ों को वह बयावान में चरा रहा था। उसे दादी के मरने की खबर मिली, लेकिन मुर्दे के पास वह नहीं पहुँच सका। जिसने उसे यह खबर दी थी, उस आदमी से मालिक के पास किसी दूसरे आदमी के भेजने के लिए कहकर बहुत विनती की, ताकि वह भेड़ों को सौंपकर मुर्दे के पास जा सके, लेकिन बाय की ओर से कोई नहीं आया। लाचार मुराद भेड़ों को हाँके बाय के घर की ओर चला और सूर्यास्त से एक घंटा पहले,

अर्थात् प्रतिदिन के घर आने के समय से एक घण्टा पहले वह बाय की हवेली में पहुँचा। एशानकुल बाय हवेली से निकलकर शाम की नमाज के लिए मस्जिद जा रहा था। उसने चरवाहे को आता देखकर पूछा–क्यों, इतने सवेरे मालों को लौटा लाया?

–क्या आपको नहीं मालूम कि मेरी दादी दुनिया से चल बसी?–मुराद ने बाय के जवाब में पूछा।

–मालूम है, लेकिन इससे क्या हुआ? एक बुढ़िया मर गयी। क्या तेरे जल्दी जाने से वह जी जायेगी? क्या उसके मरने के कारण मेरी भेड़ों को भी भूखा मारना चाहता है?–बाय ने गर्म होकर कहा–मेरी एक-एक भेड़ तेरी दस-दस बुढ़ियों से बढ़कर हैं।

मुराद ने बाय की इन बातों का जवाब नहीं दिया, लेकिन भेड़ों को हवेली के भीतर करते समय वह बुदबुदाया–तेरी भेड़ें तो दूर, तेरे जैसे बायों के सौ शिरों को भी अपनी मृत दादी के एक केश के बदले नहीं लूँगा।

मुराद ने भेड़ों को उनकी जगह कर दिया और प्रतिदिन जो बाय के घर रोटी-पानी मिलता था, उसे भी खाये बिना दादी के घर की ओर दौड़ पड़ा।

फातिमा बीबी को दफनाने के बाद दूसरे दिन मुराद ने उस गाँव को बिलकुल छोड़ देने का निश्चय किया, क्योंकि उसका मन नहीं चाहता था कि वह अपनी जवान बीवी को मालिक के घर से दूर के एक गाँव में रख छोड़े। उसे अपनी स्त्री पर पूरा विश्वास था, लेकिन लुहेड़ों से डरता था। इसलिए दादी के जमा किये कपड़े लत्ते और सामान की पोटरी बाँधे, अपनी स्त्री को लिए बाय के गाँव में आया। वहाँ गाँव के एक कोने में एक बेमालिक का टूटा-फूटा घर था। उसे कुछ ठीक-ठाक कर, मेहरिया को वहाँ रखकर, फिर पहले की तरह मुराद बाय की सेवा में जाने लगा।

X   X   X

बाय को अपने मध्यमवयस्क नौकर की तरुण स्त्री को देखने की इच्छा हुई। उसने उससे कहा–तेरी स्त्री मेरी बहू-जैसी है। बहू के स्वागत के लिए मुझे कुछ करना चाहिए। मैं उसका आतिथ्य करूँगा।

दूसरे दिन सबेरे मुराद अपनी स्त्री को मालिक के घर में रखकर भेड़ों को चराने ले गया।

बाय की स्त्रियों ने सारा को घर में लाकर बड़ा भोज-भाज किया। जिस घर में उसे बैठाया गया, वह बाय की छोटी स्त्री की कोठरी थी, किन्तु उसके स्वागत के लिये

सबसे अधिक कोशिश बाय की बड़ी स्त्री कर रही थी। पाहुनी के सामने तरह-तरह की चीजें रखकर उसे खिलाया गया। बाय की बड़ी स्त्री ने अपने हाथ से माँसखंड को लेकर उसके हाथ में दिया, रोटी के ऊपर मक्खन डाला और ठंडी चाय को फेंककर गरम चाय भरकर प्याला उसके सामने रखा।

लेकिन सारा इस सारी आवभगत और सम्मान से अलग रही, मानो सचमुच ही वह नयी-नवेली बहू हो। वह शिर नीचा किये बैठी रही। हाँ, नयी बहुओं की तरह घर के मालकिनों को हर एक बात में अपनी जगह से उठकर सलाम नहीं करती थी। उसने बहुत कम खाया। स्वमि-पत्नी के माँसखंड को भी सम्मान प्रदर्शन के लिये उसने हाथ से लेकर शिर झुकाकर धन्यवाद दिया, किन्तु उसे खाये बिना रोटी के ऊपर रख दिया। स्वामि-पत्नी ने तीसरी बार ठंडी हुई चाय को फेंक कर प्याले में फिर गरम चाय डाली, लेकिन सारा ने एक भी प्याला ओठ से नहीं लगाया और भोजन के अंत में दस्तरखान के कोने में रखे पानी के कटोरे से दो घूँट पिया।

भोजन समाप्त होने के बाद दस्तरखान (परोसने की चादर) के लिये फातिहा (कुरान एक मंत्र) पढ़ा जाने लगा। इसी समय "हमदम!" की आवाज आयी।

यह आवाज बाय की थी। जिस समय बीवियाँ छोटी बीवी की कोठरी में सारा का आतिथ्य कर रही थीं, उस वक्त बाय बड़ी बीवी की कोठरी में बच्चे के साथ खाना खा रहा था। आवाज सुनते ही बड़ी बीवी "जी हाँ, अभी आयी" कहकर अपनी जगह से उठकर पति की ओर दौड़ी।

हमदम बाय की बड़ी बीवी का नाम था। उस समय पति अपनी स्त्रियों का नाम लेकर नहीं पुकारते थे क्योंकि स्त्री के मुँह की तरह उसके नाम को छिपाना जरूरी समझा जाता था। यदि नाम पुकारा जाता, तो बेगाना आदमी सुन लेता। इतना ही नहीं, वह दीवार और घर को भी बेगाना समझकर वहाँ भी बीवी का नाम नहीं पुकारते थे। स्त्री का नाम केवल दो बार लिया जाता था और वह भी दमुल्ला इमाम (पुरोहित जी) की ओर से : एक बार निकाह (ब्याह) की रात को, और दूसरी बार उसके मरने के दिन जब कि मुल्लों को दान देकर जिंदगी भर के पापों को बेचा जाता था।

"हमदम" बाय के लड़के का नाम था जो बड़ी बीवी के ब्याह के आने पर पैदा हुआ और बचपन ही में मर गया था। बाय इसी नाम से हमदम की माँ को पुकारा करता था। पीछे जब छोटी बीवी से शादी की, तो उससे अलग करने के लिए भी वह उसे उस

नाम से पुकारने लगा। छोटी मेहरिया को जब बेटवा पैदा हुआ, तो उसका नाम इस्तम् रखा और तबसे छोटी बीबी को "इस्तम्" कहकर पुकारने लगा।

बाय की बड़ी बीवी हमदम पति के हाथ में मिठाई देखकर उसे ले लौट आयी और सारा से बोली–"तेरे चचा ने अब तक किसी को अपनी मिठाई में से नहीं दिया था। उन्होंने कहा है कि इसे बहू को देकर मेरे सामने ले आ कि मैं उसकी मुँह दिखाई करूँ।"

सारा ने बाय की इस अकारण कृपा के बारे में कुछ नहीं कहा और न उसके चेहरे पर प्रसन्नता या अप्रसन्नता का कोई भाव ही दिखलाई पड़ा, किन्तु बाय की छोटी बीवी की अवस्था दूसरी हो गयी, वह तिरछी निगाह किये अपनी सौत की ओर देखने लगी। बड़ी बीवी इसका अर्थ समझती थी, तो भी अनजान बनकर उसने मिठाई डाल दी प्यालों में और चाय बनाकर एक प्याला सौत के सामने और दूसरा सारा के सामने रखा।

–मैं चाय नहीं पीती–छोटी बीवी ने गर्म होकर कहा–बहू को दो–चचा ने मिठाई इसके लिए भेजी है।

–अच्छा, तुम पीती नहीं हो तो में पीती हूँ–कहकर बड़ी बीवी ने सौत के सामने से मीठी चाय लेकर और भी कहा–चचा ने बहू के लिए मिठाई भले ही भेजी हो, किन्तु कहावत नहीं सुनी है–"शाली की बदौलत घास भी पानी पा जाती है।"

–लेकिन मैं तुम्हारी तरह घास नहीं हूँ, मैं धान हूँ, "फले-फूले धान की तरह खड़ी हूँ"–कहते छोटी बीवी ने गुस्सा होकर अपने मुँह को दीवार की तरफ फेर लिया और दीवार पर लटकते दर्पण पर दृष्टि डाल अपने अश्रुपूर्ण मुख को निहारती आँख की कोर से सारा की ओर देखने लगी। लेकिन सारा उससे अधिक अल्पवयस्का और सुन्दरी दीख पड़ी। इससे उसका क्रोध चिन्ता में बदल गया। वह सारा की ओर से दृष्टि हटाकर चिन्तित भाव से नाखून की नोक से घर में बिछे गिलमल को कुरेदने लगी।

–ख़याल रखना कि फलते-फूलते मंडगिल्ला न बन जाना–बड़ी बीबी ने सौत के क्रोध पर व्यंग्य करते हुए कहा।

दोनों सौतों का मौखिक द्वन्द्व बढ़ते-बढ़ते हाथापायी पर पहुँच रहा था। इसी समय "हमदम, बहू को जल्दी ले आ" कहकर बाय ने आवाज दी और झगड़ा वहीं खतम हो गया।

“अच्छा, आती हूँ” कहकर बड़ी बीवी ने अपनी जगह से उठकर फिर जरा झुककर सारा के सामने ठंडी पड़ी चाय को एक घूँट में पी डाला और “उठो बहू, अपने चचा को बहुत प्रतीक्षा न कराओ” कहकर सारा का हाथ पकड़ जबर्दस्ती धकेलते हुए अपने पति के सामने ले गई।

उन दोनों के चले जाने के बाद “मुझे दबाना चाहती है” कहते हुए छोटी बीवी ने उठकर दर्पण के पास जाकर अपने मुख, केश, आँख और भौंह को एक बार अच्छी तरह देखा और अपने को तसल्ली देते हुए कहा–ये नहीं कर सकती।

इसी समय इस्तम् ने “आचा! दादा के पास जंगा (भाभी) बैठी है” कहते हुए घर में आकर छोटी बीवी के ध्यान को दर्पण से हटा दिया। उसने इस्तम् की ओर निगाह करके कहा–वह जंगा नहीं है, वह भी तेरी आचा बनेगी।

–वह गन्दी है, वह मेरी माँ नहीं बनेगी–इस्तम् ने नाराज होकर कहा।

अपने बेटे के मुँह से सारा के लिए “गंदा” शब्द सुनकर छोटी बीवी को कुछ संतोष हुआ और इस्तम् को गोद में लेकर मीठी चाय की चायनिक के पास बैठकर उसे प्यार करते हुए सोचने लगी, “मैं ब्याहता बीवी हूँ। मेरा पुत्र उसकी प्रिय संतान है। चाहे वह कैसा भी कामान्ध हो, किन्तु मेरे सामने भुक्खड़ की लड़की से कैसे प्रेम कर सकता है?”

छोटी बीवी ने इन बातों से अपने दिल को तसल्ली देकर चायनिक (चायदानी) में बची मीठी चाय को दो प्यालों में डालकर एक को स्वयं लेकर दूसरे को इस्तम् के हाथ में दिया। बड़ी बीवी ने सारा को बाय के सामने लाकर कहा–अपने चचा बाय को सलाम करो।

सारा ने अपने शिर को झुकाकर, मुँह को अपनी आस्तीन से छिपाकर शिर हिलाने के संकेत से बाय को सलाम किया।

बाय ने मुस्कराते हुए सारा की ओर निगाह करके कहा–विराजो, मेरी बहू!

बाय के इस कहने पर भी सारा अचल रही, किन्तु बाय की बीवी ने उसे जोर से दबाकर बैठा दिया। बैठते वक्त सारा, जहाँ तक हो सका, बाय से दूर दीवार के पास बैठी और दाहिनी जानु को भूमि पर रखकर बायीं जानु को उसके ऊपर झुकाया और दाहिने हाथ को लिलार पर रखकर मुँह को दीवार की तरफ आधा झुकाये बैठ रही। बाय ने बहुत देखने की कोशिश की, किन्तु वह सारा के मुँह को ठीक से नहीं

देख सका, क्योंकि उसके मुँह का एक भाग दीवार की तरफ था और दूसरा हाथ की आस्तीन से छिपा हुआ था।

बाय ने पास में बैठे अपने तीनसाला पुत्र इस्तम् को उठाकर सारा की ओर निगाह करके कहा, "जा जंगा के पास, वह तुझे चुम्बन देगी।"

बच्चा शर्माते-शर्माते सारा के पास गया, किन्तु उसने उसे चुम्बन न दिया, न उसे हाथ में लिया, न ही उसकी ओर ताका। बच्चा बाप की ओर निगाह करके खड़ा रहा, मानो वह पूछना चाहता था कि उसकी इस हरकत पर अब उसे क्या करना चाहिए।

—जा मेरे बच्चे अपनी माँ के पास। वह तुझे अपना चुम्बन देगी बाय ने कहा। बच्चा दौड़कर घर से बाहर चला गया।

बाय ने एक चौपर्ते गुलनारी रूमाल को वालिश पर से उठाकर सारा की ओर बढ़ाते हुए कहा, "ले, बेटी, इस रूमाल को। यह मेरी ओर से तेरी मुँह-दिखाई है।"

सारा ने मानो बाय की बात ही नहीं सुनी। वह न बोली, न हिली, न डुली।

बाय अपनी जगह पर जानु के बल हुआ और अपने ऊर्ध्वकाय को सारा की ओर झुकाकर हाथ के रूमाल को उसके पास ले जाकर बोला–"मेरी प्यारी बिटिया, मधुर-प्राण! ले इस रुमलिया को, ले मुँह-देखाई।"

अबकी बार सारा ने मुँह को दीवार के और भी नजदीक करके शरीर को दीवार से चिपकाकर आँखों से बाय की ओर देखा। वह सियार देखे मुर्गे की तरह वैसे ही निश्चल खड़ा रहा।

बाय किंकर्तव्यविमूढ़ हो गया। यदि अब भी सारा के और नजदीक होकर उसके हाथ में या बगल में जबर्दस्ती रूमाल रखे और वह खड़ी होकर भाग जाय, तो क्या होगा? बाय स्वयं उसके पास जाकर और मिन्नत करने के लिए तैयार न था, क्योंकि नौकर की बीवी और किसी भुक्खड़ की लड़की से तिरस्कृत होने को वह अपमान समझता था।

लेकिन बाय-पत्नी ने इस कठिन समय में सहायता की। उसने सारा को अपनी जगह से उठाकर कहा :

—जा अपने चचा बाय के हाथ से रूमाल लेकर धन्यवाद दे और उसे अपने घर ले जाकर होने वाले अपने पुत्र के लिए "मेरा पुत्र भी बाय चचा की तरह धनी होवे" की अभिलाषा कर।

सारा ने लज्जा से लाल होकर बाय के हाथ से रूमाल ले लिया और घर से निकलकर उस कोठरी में गयी जिसमें उसकी मेहमानी की गयी थी।

पहले तो बाय ने सारा को ठीक से नहीं देखा था, किन्तु हाथ से रूमाल लेते वक्त उसने उसे ध्यान से देखा : उसकी आँखें और भौंह काली, पलके लम्बी और ऊपर की ओर कुंचित बाल, लम्बे काले, बारीक मीढ़ों में बँटे और सेब-जैसा लाल मुख देखकर बाय चकित रह गया।

अपने पुराने वस्त्रों में सारा उसे बालू-मिट्टी के भीतर पड़े सुवर्ण-खंड की तरह चमकती जान पड़ी। उसका प्रकाशपूर्ण मुख काले बालों के भीतर अभ्र से अर्ध-आच्छादित पूर्ण चन्द्र की तरह शोभित था। काली भौहों के नीचे उसकी चमकीली आँखें भिनसार के अंधेरे में चमकते शुक्र तारे की तरह थी और देखने वाले को मुग्ध किये बिना नहीं रह सकती थीं।

X   X   X

स्वागत के दिन से बाय सारा को हाथ में करने के लिए प्रयत्न करने लगा। इस काम में बीवियों की प्रतिद्वन्द्विता ने सहायता की। जब से बाय ने छोटी बीवी से ब्याह किया था, तब से बड़ी बीवी उसके मन से उतर गयी थी। अपने रूप-सौन्दर्य से आकृष्टकर छोटी बीवी अपने पति द्वारा सौत को खूब कष्ट दिलाती और स्वयं भी झगड़ती रहती। लड़ने-भिड़ने में बड़ी बीवी अपनी सौत से पीछे नहीं थी, लेकिन छोटी बीवी पति से शिकायत करती और वह उसकी ओर से बड़ी बीवी को फटकारता और कभी-कभी मारता भी।

अब बड़ी बीवी को सौत से बदला लेने का मौका मिला। वह किसी दूसरी तरुणी के बीच में पड़कर बाय से सम्बन्ध कराना चाहती थी, ताकि वह स्त्री उसकी सौत को पीड़ा दे, अपनी तरह शत्रु के दिल को भी जलाये। बड़ी बीवी की इच्छा पूर्ति के लिये सारा का आना बहुत अच्छा था। उसने बाय की दुष्ट इच्छा पूर्ति का भार अपने ऊपर लिया और स्वागत के दिन सारा के हाथ में रूमाल दिलाना उसका पहला कारनामा था। उसके बाद पति से सलाह करके सारा को फँसाने का प्रयत्न उसने फिर शुरु किया।

वह प्रतिदिन सारा को बुलवाकर घर के कामों में मदद लेती। बीच में चाय पीने की छुट्टी के समय मौका पाकर बाय की प्रशंसा करती–बाय शुद्ध हृदय से स्त्रियों और लड़कियों से स्नेह रखता है। विशेषकर सारा के प्रति वह पैतृक वात्सल्य रखता है। यह

कहते हुए वह सारा को नसीहत देती कि वह बाय से न शर्माये। वह उसके हृदय को जानने की कोशिश करती। इसी तरह वह एक दिन नसीहत दे रही थी।

—यदि बाय तेरे साथ कोई दूसरी इच्छा रखता तो क्या में अपने घर में तुझे आने देती? कौन ऐसी स्त्री है जो अपने पति से अनुचित सम्बन्ध स्थापित करने का दूसरी स्त्री को मौका देगी?

बड़ी बीवी जो रास्ता तैयार कर रही थी, उसी के अनुसार बाय दोस्ती और मेहरबानी करके बातचीत करता और बात को कभी-कभी हंसी-मजाक तक पहुँचा देता। बड़ी बीवी की बातों को सुनकर सारा बाय की ओर से कुछ-कुछ शंकारहित हो चली थी, लेकिन छोटी बीवी के व्यवहार से उसका संदेह दूर नहीं हो पाता था। वह हर समय सारा पर व्यंग करती और बाय के घर में आने-जाने के लिए उसे कभी-कभी सीधे-सीधे फटकारती। सचमुच छोटी बीवी का बर्ताव सारा के साथ एक सौत-जैसा था।

कुछ समय तक संकेत से बातचीत करते बाय ने अपने भाव को सीधे खोलकर रखना चाहा। एक दिन सारा बाय के घर से निकलकर अपने घर की ओर जा रही थी। बाय भीतरी हवेली के बीच में एकाएक उससे मिला और उसने अपने एक हाथ से उसके हाथ को पकड़कर दूसरे हाथ से उसकी अंगुली में एक चाँदी की अँगूठी पहनानी चाही। सारा ने कुपित हो अपने हाथ को खींचकर बाय से कहा—यह बुरी है बाय! अफसोस है! शर्म कीजिये।

सारा ने यह बात ऊँची आवाज में कही। बड़ी बीवी ने यद्यपि सुनी को अनसुनी कर दिया, लेकिन छोटी बीवी सुनकर "क्या बात है, क्या बात है" कहती वहाँ पहुँच गयी, लेकिन महरिया के वहाँ पहुँचने के पहले ही सारा बाय के घर से निकलकर चली गयी थी।

सारा ने अपने घर में जाकर मुँह देखाई के लिए बाय के दिये हुए रूमाल को—जिसे उसने अब तक इस्तेमाल नहीं किया था—उठा लिया और लौटकर बाय की बाहरी हवेली के सामने फेंक आयी। उस दिन जो सारा ने बाय के घर को छोड़ा, तो फिर उसने उधर पैर नहीं रखा।

X   X   X

यद्यपि सारा ने बाय के घर की ओर पैर रखना बिलकुल छोड़ दिया था, लेकिन बाय ने अब भी आशा नहीं छोड़ी थी। वह अब सारा को सोलहों आना अपने हाथ में करने का दाँव सोच रहा था, लेकिन इसके लिए मुराद को संतुष्ट करने और मधुर व्यवहार से अपनी ओर खींचने की जरूरत थी।

उस दिन जब शाम को मुराद भेड़ों को लेकर लौटा, तो बाय ने मेहमानखाने में अपने और सारा के बीच जो घटना उस दिन हुई थी, उसे उसी तरह दोहराया :

—मैं तेरी बीवी को अपनी बेटी, अपनी बहु-जैसी समझता हूँ और उसी के अनुसार व्यवहार करता हूँ। आज उसे पैतृक स्मृति के तौर पर एक चाँदी की अँगूठी देना चाहता था। नहीं जानता कि उसे क्या सन्देह हुआ। उसने मुझे खरी-खोटी सुनाई और तेरी भाभियों के सामने मुझे अपमानित किया।

मुराद इस घटना को सुनकर अपने विचारों में डूब गया। बाय ने उसका ध्यान अपनी ओर आकृष्ट करते हुए फिर कहा—सारा की बातों को सुनकर कहीं तू मुझसे नाराज न हो जाय, इसीलिए मैंने तुझसे सीधे बात की। उसको समझा दे कि वह फिर मरी हवेली में न आये-जाये।

मुराद को कहीं यह ख़याल न हो जाय कि बाय उसे नौकरी से छुड़ा देगा, इसलिए बाय बहुत नर्मी से बोला मेरी इस बात से तू यह न समझ कि में तुझसे या सारा में नाराज हो गया। उसके आने-जाने के लिए मना करने का मेरा मतलब यही है कि कही औरतों के बीच बेकार कहा-सुनी न हो जाये, अन्यथा मैं उसके व्यवहार को बच्चे की बात समझकर दिल में नहीं लाता। आगे भी तेरी जो कुछ भी भलाई कर सकता हूँ उसे उठा न रखूँगा। पहले जब तू एक शिर और एक शरीर था, उस वक्त "तुझे क्या पैसा-कौड़ी चाहिए" पूछकर मैंने तेरी ठीक से सहायता नहीं की, लेकिन अब तू गृहस्थ है। एक दूसरे आदमी की रोटी भी तेरे शिर पर है। मैं अब इसका ख़याल रखूँगा।

बाय चुप हो गया। मुराद ने समझा कि बाय की बात समाप्त हो गयी और वह अपनी जगह से उठने लगा। बाय ने फिर मुँह खोला। मुराद बैठकर फिर सुनने लगा।

—जो सुना है—बाय ने कहा—उससे जान पड़ता है कि जल्दी ही तुम तीन शिर हाने वाले हो। इस बात को सुनते ही, मैंने एक दुधार बकरी तेरे होने वाले पुत्र का ख़याल करके रख ली है। जिस दिन गंदेला (बच्चा) प्रगट होगा, उसी दिन इस बकरी को तुझे

दूँगा कि घर ले जा, बच्चे को दूध पिला। मेरी नेकियाँ यदि सारा नहीं मानती, तो कोई बात नहीं। "वह नहीं जानती तो न सही, ख़ुदा तो जानता है।"

थोड़ी देर रुककर बाय ने फिर कहा—अच्छा, अब अपने घर जा, विश्राम कर और सारा के संदेह को दूर कर।

मुराद अपने घर की ओर चला। उसके दिल में हजारों संदेह और विचार आ रहे थे, लेकिन घर जाकर सारे संदेह दूर हो गये। इससे पहले सारा ने बाय की सारी बातें मुराद से नहीं कही थी। आज उसने अपने और बाय के बीच हुई सारी बातों को आदि से अंत तक कह सुनाया। सुनकर मुराद बाय की बुरी नीयत को अच्छी तरह समझ गया।

जिसने उसकी इज्जत बर्बाद करना चाहा, उस आदमी के घर में काम न करने का संकल्प उसने कर लिया, लेकिन उसे जल्दी कार्यरूप में परिणत करने में वह सफल न हुआ। बाय का काम छोड़ने पर किसी दूसरी जगह काम पकड़ने की जरूरत थी, लेकिन एक बाय के घर से काम छोड़ने वाले नौकर को दूसरे बाय अपने घर नौकर न रखते थे। गाँव के दूसरे गरीब किसान खुद दूसरे के द्वार पर चाकरी करते थे। उनके पास काम कहाँ से मिलता। दूर के गाँव में काम ढूँढ़ने के लिए जाना मुराद को ठीक नहीं लगा, क्योंकि तब उसे अपनी बीवी को अकेले छोड़ कर जाना पड़ता और यह भयावह चीज थी, क्योंकि गाँव का सबसे बड़ा बाय उसके ऊपर आँख गड़ाए हुए था। उसने सोचा, चाहे झूठ ही क्यों न हो, किन्तु बाय ने कहा था, "मैं तेरी स्त्री पर कुदृष्टि नहीं रखता, उसे अपनी बेटी और बहू की तरह समझता हूँ।" इसी बहाने अनजान बन अभी बाय के पास ही काम करना ठीक है। जब कोई दूसरा अनुकूल स्थान मिल जायगा तो यहाँ से चल दूँगा। इस तरह मुराद फिर पहले की तरह बाय के घर में काम करने लगा।

अँगूठी वाली घटना के चार-पाँच मास बाद सारा एक पुतवा की माँ बनी। नवजात पुत्र के पधारने के कारण माँ-बाप के आनन्द का कोई ठिकाना नहीं था। इसी आनन्द या शादी का ख़याल करके उन्होंने बच्चे का नाम "शादी" रखा।

पुत्र-प्रसव के समय सारा को जो कष्ट हुआ और जो कि हर माता को प्रथम प्रसव के समय होना स्वाभाविक है, उससे त्रास और भय खाते हुए भी एक फूल की तरह बेटवा प्राप्त कर सारा सारे कष्ट भूल गयी। इसके साथ ही सारा एशानकुल बाय के उस दुर्व्यवहार को भी करीब-करीब भूल गयी विशेषकर बाय ने जब उसके बाद फिर कोई दुश्चेष्टा नहीं की और ऊपर से हर तरह की मदद देने में कोई कोर-कसर नहीं उठा रखी। इससे मुराद का भाव बाय के प्रति बदल गया और उसके प्रयत्न से सारा ने भी खिंचाव दूर कर दिया। दोनों समझने लगे थे कि बाय की वह चेष्टा शैतान का क्षणिक बहकावा था, उसके बाद बाय ने अपने काम को नापसन्दकर तोबा कर लिया। बच्चे के जन्म को सुनकर बाय ने उसी दिन जनी एक बकरी को मुराद के घर भेजा, तो मुराद का विश्वास और दिलपूरी और भी दृढ़ हो गयी।

बाय की बड़ी बीवी बच्चे को देखने के लिए सारा के घर आयी और रवाज के अनुसार सूफ की सिली हुई एक कुर्ती लायी। वह बच्चे के लिए आयु और धन, सारा के लिए स्वास्थ्य और बल की कामना करके अपने घर लौट गयी। इस बार उसने बाय या उसकी नेकी या मेहरबानी की बात नहीं कही। उसने ऐसा दिखलाया जैसे कि बाय के सम्बन्ध में जो प्रशंसा और दूसरी बातें सारा से की थीं, उसके लिए वह लज्जित है और शैतान के बहकावे में पड़कर ही बाय ने उसे सारा के सामने लज्जित कराया।

बाय-पत्नी के इस व्यवहार ने भी बाय की दुश्चेष्टा को शैतान का बहकावा समझने में सहायता दी और सारा ने बहुत कुछ बाय को क्षमा भी कर दिया।

X   X   X

प्रसव-पीड़ा के उन दिनों के बीत जाने पर सारा की भूख बहुत बढ़ गयी। जो चीज भी खाती, मानो वह सब दूध और माँस बन जाता–दूध उसके प्राणप्रिय बच्चे को तृप्त और पुष्ट करता और माँस उसके शरीर में मिलकर उसे और पीवर तथा कमनीय बनाता।

सारा प्रतिदिन बच्चे को कपड़े में लपेटकर स्वच्छ खुली हवा में घुमाने ले जाती। नवजात बयावान में खिली लाली और खेतों के किनारे की हरियाली को देखकर आन-न्दित होता। जब सारा के पास आने पर तितलियाँ हरियाली और फूलों से उड़ती, तो शादी भी मानो उनके साथ उड़ने के लिए अपनी माँ की गोद में उछलने लगता न जाने क्यों गुलाब और लाला के फूलों, हरियाली और तितलियों को देखकर नवजात इतना उल्लसित होता कि अर्ध-विकसित कली की भाँति अधखुले अधरों से हँसने लगता।

करुणामयी माँ सारा अपने प्राणप्रिय बच्चे पर जी-जान से न्यौछावर थी और नवजात के लिलार को फूल पर बैठी मधुमक्खी की तरह चूमते न अघाती थी ; जैसे मधुमक्खी फूल पर बैठी अपने दोनों सूँड़ों से फूल को पकड़कर चूसती है, वैसे ही सारा भी बच्चे के मुँह की दोनों ओर अपनी दोनों अँगुलियों को बड़ी कोमलता के साथ लगाकर उसके हास को और भी मधुर, और भी लावण्यमय बना देती।

अपने नवजात को देख-देखकर सारा का हर्ष इतना बढ़ता गया कि उसने इसे इस प्रकार पद्यों में बाँध दिया :

शादी-जान मेरा मेहरबान मेरा।
तुझे न दुःख हो कभी जान मेरा।
लाला बढ़ा है हरितावली है।
गुलाब-सा हँसता शादी-जान मेरा।
बसन्ती हवाएँ जगत में चलीं।
है जान मेरा शादी-जान मेरा।

जब शादी कुछ और बड़ा हुआ और अपने हाथ-पैरों को स्वतंत्रतापूर्वक घुमा सकता था, तो सारा की शादी (प्रसन्नता) और भी अधिक हुई, कभी-कभी सारा घास के ऊपर अपने पैरों को फैलाकर बैठती और शादी को भी अपने सामने जानुओं पर बैठाती। उस वक्त सारा बच्चों के लायक छोटे-छोटे गीत अलग-अलग अक्षरों के उच्चारण के समय गाती :

शादी-जान मेरा, मेहरबान मेरा।
तुझे न दुःख हो, कभी जान मेरा।

शादी गीत के साथ-साथ हाथ-पैर और सारे शरीर को हिलाकर उसे गति में दुहराता। वह अपने पंजों को फैलाए, हाथों को ऊपर उठाए ऐसे ताली बजाता कि ताली स्वर के अनुरूप पड़ती। वह शिर को उठाकर हिलाता, मानो उठकर नाचना चाहता। सारा शादी को प्रसन्न देखकर और भी खुश हो गाती :

तेरी काली आँख काक को, माँ न देखे दाग की।
मेरी आँख मेरी चिराग, प्रकाशित हो तेरा बाग।

सारा के गीत गाते वक्त थोड़ी देर सुस्ता कर शादी भी गीत के अनुसार शरीर को चलाने लगता।

इस तरह बच्चों के संगीत के अन्त में सारा सदा इन लोरियों को गाया करती:

हा दूरसी दूरसी दूरसी, जा तू ऊपर कुरसी।

तेरे रुपका है गुलाम गुलाब, तेरी सुन्दरता है कमाल।

कम न हो तेरा मिलन।

हा दूरसी दूरसी दूरसी, जा तू ऊपर कुरसी।

तेरी सुगन्ध बसन्त सी, तेरा मुँह है अनार-सा।

तेरे केश जैसे कस्तूरी।

हा दूरसी दूरसी दूरसी, जा तू ऊपर कुरसी।

तेरा मुख उल्लसित हो, शोक तेरे मन से दूर हो।

शत्रु तेरा अन्धा हो।

हा दूरसी दूरसी दूरसी, जा तू ऊपर कुरसी।

जिस समय सारा इन लोरियों को गा रही थी, शादी भी अपने अंगों को हिलाते हुए अपने बैठने की जगह चक्कर काट रहा था जिसमें उसका शिर और हाथ ही नहीं, बल्कि अलग-अलग सारे अंग आँख-भौंह-पीठ-माँस और नस-नस एक तान में हिलते थे। सारा की प्रसन्नता और बढ़ी और वह अपनी जगह से उठ बच्चे को हाथ में उठाकर हवा में उछाल बढ़ती और उसके हाथ-पैर-शिर-गर्दन-आँख मुँह सभी को स्नेह से चूमती। जान पड़ता, शादी को भी कृपामयी माँ के इस व्यवहार से हर्ष होता था। इसीलिए वह खखाकर हँसता। भाषा से अपरिचित होने पर भी वह अपने भावों को अड़-उड़ करके प्रगट करता और दूसरे अज्ञात शब्दों द्वारा भी अपने अन्तर को खोलना चाहता। सारा भी अपने प्राणप्रिय शिशु के गालों पर नरम नरम अंगुलियों का लगाकर उसी तरह की अपरिचित ध्वनियों में जवाब देती। ध्वनियों का अर्थ चाहे माँ को न मालूम रहता, लेकिन वाणीहीन शादी उसे समझता। इसीलिए ऐसी ध्वनियों के बोलते समय शादी कान देकर सुनता। जब माँ चुप हो जाती, तब वह खखाकर हँसता और अव्यक्त ध्वनियों में कृपामयी माँ को जवाब देता।

X   X   X

बकरी और बकरी का बच्चा भी सारा और शादी के लिए एक भारी मनोरंजन के कारण थे। जब शादी सो जाता, तो सारा खेतों, नहरों और मैदान से हरी घास लाती। उसने बकरी को खिला-पिलाकर खूब मोटा-ताजा और दूधार बना दिया था। जब सारा शादी को उठाये बकरी के पास जाती, तो वह बकरी, विशेषकर बच्चे को देखकर प्रसन्न होती। बच्चा सारा के इशारे पर चारों तरफ दौड़ता, तनूर के ऊपर चढ़कर कबूतरी की तरह हवा में छलांग मारता और अगले दो पैरों को उठाकर आदमी की तरह खड़ा होता। पेड़ पाने पर उस पर छलांग मारता। मुराद के झोपड़े की दीवार तो मानो उसके खेलने के लिए ही बनायी गयी थी। वह एक कूदान में ही उसके ऊपर पहुँच जाता और साँप की तरह उसके ऊपर दौड़ता।

कुचे में एक तूत का वृक्ष था जिसकी शाखाएँ दीवार के ऊपर फैली थीं। वह बच्चे के लिए खेल भी थी और भोजन भी। बच्चा दीवार पर से उस जगह पहुँचकर पिछले दोनों पैरों पर खड़ा होकर, अगले दोनों पैरों को उन शाखाओं पर रखकर अपने मुँह से मरकत-जैसे हरे पत्तों को चुनता और दाँतों से कुतर-कुतर कर खाता।

माँ बकरी के बच्चे की इस चेष्टा से मानो नाराज होती और नीचे खड़ी उसी तरह चिल्लाती, जैसे माँ छत या पेड़ पर चढ़े अपने बच्चों के गिरने के भय से, लेकिन यह बच्चा आदमी के बच्चे की तरह माँ की बात मानने से इन्कार न करता। शायद इसका कारण यह भी हो सकता है कि वह इस तरह के खेल बुढ़ापे तक खेल सकता था। थोड़ी देर में खेल से ऊबकर वह अपने चारों पैरों को चारों तरफ फैलाकर पेड़ के ऊपर से गहरे पानी में कूदता है, उसी तरह छलांग मारकर जमीन पर कूद माँ के पास दौड़ जाता और फिर अपने दोनों अगले पैरों को नीचे मोड़ मुँह को माँ के स्तन से लगाता, लेकिन स्तन में बँधा थैला उसे दूध पीने में बाधा देता। दो-चार बार माँ के स्तन में चला क्षीर से निराश हो वह माँ की बगल में लेटकर आराम करने

अब शादी को बच्चे के साथ खेलने का अवसर मिलता था। सारा उसे उठाकर बच्चे के सामने दोनों पैरों पर बैठा देती, अपने पंजों से बच्चे के कस्तूरी जैसे काले बालों में कंघी करती और अपने नखों से उसके शिर-मुँह और लिलार को खुजलाती। शादी भी माँ की क्रियाओं का अनुकरण करता और अपने सहजात बच्चे के शरीर को सहलाना चाहता। बच्चे की इच्छा देखकर सारा उसे मेमने के नजदीक ले जाती।

शादी अपनी लाल कोमल अँगुलियों से मेमने के काले बालों को खींचता और अपने कोमल नखों से उसके ओंठों और दाँतों को छूता। शादी का यह काम बच्चे को भी पसन्द आता। वह बदले में शादी की अंगुलियों को चाटता, उसकी हथेली को चूमता और कभी-कभी धन्यवाद-सा देते हुए "में" भी करता। शादी उसे सुनकर प्रसन्न होकर, झूमकर "अंड्-उड्" कहता और अपने ओंठ और हाथों को मिलाकर अपने दिल की बात माँ को सुनाता।

माँ मानो दोनों की बातों को समझती। वह मेमने की बात को शादी को सुनाते हुए कहती–वह कहता है–मैं तुझे प्यार करता हूँ। मैं और तू एक समय पैदा हुए, मेरी माँ भी तुझसे प्रेम करती है। वह माँ की तरह तुझे क्षीर देती है। हम दोनों सिर्फ जोड़ीदार और साथ खेलने वाले ही नहीं है, बल्कि दोनों एक दूसरे के क्षीरपायी भाई भी है। फिर शादी के मुँह से मेमने को कहती:

मैं तुझे प्यार करता हूँ, मैं तेरे मुँह, तेरी गन्धको

प्यार करता हूँ।

मैं तेरे लोम, तेरी आँख, तेरी द्वेषरहित आँख और खुर को।

प्यार करता हूँ।

मैं तेरे सारे काम,

तेरे कारबार ।।

तेरी गति और चाल;

तेरी मस्त अॅखड़ियों को

प्यार करता हूँ।

X   X   X

मुराद ने अपने हाथ से लकड़ी का एक तख्ता बनाया। तख्ता बहुत सीधा-सादा था। उसने कहीं से तीन-चार मीटर लकड़ी पाकर उसी को काटकर ऊपर से छोटा तख्ता कोटी से जोड़कर उसे बच्चों के तख्ते का रूप दे दिया था। एक दिन जब मेमना दीवार पर खेल रहा था तो सारा ने तख्ते को घर से लाकर बाहर रख दिया। हरी घास दिखलाने से मेमना भी दीवार से कूदकर चला आया। दो-तीन गाल घास खा लेने पर सारा ने मेमने को उठाकर तख्ते पर रख दिया।

सारा ने ताली बजाकर गाना शुरु किया। शादी अब बैठ सकता था। वह माँ के पास बैठ गया और उसी की तरह ताली बजाने लगा। सारा गा रही थी–

हा दूरसी दूरसी दूरसी,   **जा तू ऊपर कुरसी।**

मेमने ने जरा देर कान देकर सुना, फिर ताली के स्वर के अनुसार तख्ते के ऊपर घूमने लगा, किन्तु वहाँ जगह कम थी, इसलिए अपने खुरों को जल्दी-जल्दी एक ओर रखते हुए बढ़ने लगा। यह खेल शादी को, सारा को और मेमने को भी बहुत पसन्द आया। पहले सारा बच्चे को तख्ते पर ऊपर रखती, किन्तु पीछे उसे आदत हो गयी और जैसे ही सारा गाने लगती, वह स्वयं तख्ते पर चला जाता।

हा दूरसी दूरसी दूरसी,   **जा तू ऊपर कुरसी।**

मुराद ने धीरे-धीरे बाय के प्रति अपने पहले के विचारों को बिलकुल भुला दिया। बाय हमेशा मुराद के साथ अच्छा बर्ताव करता। वह उसके पुत्र शादी को भी दिल से नहीं भुलाता और कभी-कभी घी में पके माँस-खंड को मुराद के हाथ में देकर कहता "ले इसे बेटवा को देना।" बाजार (हाट) की रात शादी के लिए कटोरा आश-पलाव (पोलाव) देना कभी नहीं भूलता।

अँगूठी की घटना को दो साल बीत गये थे। अब उसकी स्मृति बिलकुल लुप्त हो गयी थी, यहाँ तक कि सारा के दिल से भी वह दूर हो गयी थी। अब बाय कभी सारा का नाम तक न लेता था। इन बातों से मुराद को दिन-प्रतिदिन दृढ़ विश्वास हो गया कि बाय ने उस काम को शैतान के बहकावे से किया था और उसके लिए अब वह लज्जित तथा पश्चात्ताप है।

मुराद को बाय के यहाँ सेवा करते 30 साल हो गये थे। उसे सदा सूखी जूठी रोटी के टुकड़े और रूखा-सूखा, बचा खुचा खाना मिला करता था। गरम भोजन की जगह

ठंडा और देग का धोवन-जैसा आश (खिचड़ी) उसके भाग्य में बदा था। जब बाय मुराद को गेहूँ की मुलायम रोटी और गर्म आश से परितृप्त करना और कभी-कभी चरभूमि में भी मुराद के लिए गरम रोटी या गरम आश भेजता। मुराद के लिए गरम रोटी और आश बाय का साला-बड़ी बीवी का भाई शाकुल ले जाता।

शाकुल एक बाय-बच्चा (जमींदार-पुत्र) अपने पिता का एकलौता पुत्र था। शाकुल के पिता सुबहानकुल को माल-मिलकियत और धरती-पानी ईशानकुल बाय के बराबर न होने पर भी वह एक गाँव का एक बाय और मुखिया (कलाँ शवँदा) समझा जाता था। उसने अपनी ज्येष्ठ पुत्री सानिया को गाँव के सबसे बड़े बाय एशानुकुल को देकर अपने मान-सम्मान को बढ़ाया था।

सुबहानकुल बाय कुछ नौकरी और चरवाहों द्वारा अपना काम करवाता और अपने एकलौते पुत्र शाकुल से कोई काम नहीं लेता था। शाकुल बाप के एक घोड़े पर सवार होकर भोज उड़ाता और तमाशे देखता फिरता। सुबहान के मरने पर बाय की सारी मिलकियत शाकुल को मिली। एशानकुल बाय ने अपनी स्त्री सानिया का दायभाग माँगा, लेकिन शाकुल ने कुछ नहीं दिया। साले-बहनाई में कुछ दिनों तक काजी (मुकदमा बाजी) रही, लेकिन एशानकुल कुछ नहीं पा सका, क्योंकि एक ओर शाकुल काजी और हाकिम का दरवारी और पैसा खर्च करने वाला था और दूसरी तरफ असली दावादार उसकी बहन सानिया गीत के आने से अपने पति पर नाराज थी, इसलिए उसने कह दिया था कि मेरी माल-मीरास मेरे भाई के ही हाथ में रहे।

इसकी वजह से एशानकुल और शाकुल के बीच अच्छा सम्बन्ध नहीं रह गया था। जब-तब शाकुल बहन को देखने आता भी, तो ऐसे समय जबकि बहनोई घर पर नहीं होता। यदि कभी भेट भी हो जाती, तो उसे एक सूखा सलाम देकर वह बहन के घर में चला जाता और फिर वहाँ से लौट जाता।

बाय के मरने के बाद शाकुन का कारवार और खराब हो गया, क्योंकि बाप के वक्त उससे काम देखने की आदत नहीं थी जो अब भी वैसी ही चल रही थी। उसका सारा समय सैर-तमाशों में बीतता। वैसे कभी-कभी वह बन्दूक लेकर शिकार खेलने चला जाता।

आज भी उसकी सवारी में सदा एक घोड़ा रहता, लेकिन वह बाप के जमाने-जैसा राश का घोड़ा नहीं, बल्कि मामूली टट्टू होता, जो न शिकार में काम आता, न कूबकारी[1] में, तो भी जब शाकुल सैर-तमाशे से लौटकर गाँव आता तो अपने घोड़े, अपनी बन्दूक और अपनी हुनरमन्दी (चतुराई) की तारिफ करते न थकता। जिस दिन किसी कूबकारी में शामिल होता, लौटने पर गाँव वालों से डींगें मारता और दश शिर बकरी छीन निकलने की बात कहकर अपने घोड़े की तारिफ करता। जब शिकार से लौटता तो कहता, "मैंने आज बन्दूक से तीन हरिन मारे और दो को घोड़ा दौड़ाकर पकड़ लिया।"

उसकी झूठी गप्पों से गाँव वाले भी परिचित हो गये थे। उस दिन एक ने उससे पूछ दिया–तो वह पाँच शिर हरिन कहाँ है? एक हम भी पाते तो कबाब बना कर खाते और दुआ देते कि तुम्हारा घोड़ा इससे भी ज्यादा तेज और तुम्हारी बन्दूक इससे भी ज्यादा निशानेवाली हो।

शाकुल को जवाब देने में कोई दिक्कत न हुई। उसने चट से कह दिया : अमुक गाँव में एक दोस्त के घर विश्राम करने लगा। वहाँ मेरे खाने के लिए एक हरिन का कबाब बनाया गया। बाकी को मैं उसी दोस्त को इनाम देकर चला आया। बात समाप्त करते-करते उसने कहा–मेरी आदत है कि हाथ में यदि कोई चीज आई तो जो कोई पहले सामने आया, उसी को दे दी, लौटाकर घर लाना मुझे पसन्द नहीं।

लेकिन असल आदत दूसरी थी।

एक दिन शाकुल ने अपने नौकर को हुकम दिया कि कुदाल लेकर दरीची के सामने के यूनुच्का को कोड़ दे, लेकिन इस बात का ख़याल रख कि नये उगे यूनुच्का (घास) की जड़ उधर न आये कि मुर्गियाँ उसे खाकर खराब कर दें। नौकर ने कोड़ाई की, लेकिन मौका पाकर बाय की मुर्गियाँ वहाँ पहुँचकर नए अंकुरों को खाने लगीं। नौकर ने मुर्गियों को भागने के लिए सेब-बराबर पत्थर फेंका। संयोग से पत्थर एक मुर्ग के शिर पर लगा और वह वहीं फड़फड़ाकर मर गया।

---

1. मध्य-एशिया की घोड़-दौड़, जिसमें हर सवार इनाम में रखी भेड़-बकरी या बछड़े को छीनकर भागना चाहता है।

शाकुल को जब यह बात मालूम हुई तो उसने नौकर को बरामदे के खम्भे से बाँध दिया और कुछ कदम दूर पर खड़े होकर उसी पत्थर को नौकर की ओर फेंका। नौकर ने आँख और शिर को बचाने के लिए हाथों से ओड़ा, लेकिन पत्थर जाकर उसके मुँह पर लगा। इससे सामने के दो दाँत टूट गए और ओंठों से खून बहने लगा। उस नीकर का असली नाम एरगश था, लेकिन इस घटना के बाद उसे एरगश बेदाँत कहा जाने लगा।

X   X   X

अन्त में शाकुल से मेल-मिलाप के लिए स्वयं एशानकुल बाय ने कोशिश की। उसने एक दिन अपनी बीवी सानिया से कहा :

—अपने भाई से कह कि मुझसे झगड़ना छोड़ दे। उसने मेरा जो कुछ अपमान किया, उसके लिए मैंने उसे क्षमा कर दिया। अब मुझसे बन्धुत्व स्थापित करे और मेरे घोड़ों में से एक अच्छा घोड़ा सवारी के लिए ले जाया करे। मुझे लोगों के सामने यह देखकर शर्म आती है कि मेरा साला टुटहे टट्टू पर कूबकारी के लिए जाय और रास के घोड़ों के पीछे व्यर्थ ही इधर-उधर दौड़ता फिरे।

सानिया के बीच में पड़ने से साले-बहनाई में फिर से दोस्ती हो गयी। बाय ने इसके उपलक्ष्य में शाकुल को मित्र-भोज दिया और उसे नया जामा पहिनाया। तब से शाकुल प्रतिदिन एक बार बाय के घर आता और यदि कूबकारी या शिकार में जाना होता, तो बाय के एक अच्छे घोड़े पर सवार होकर जाता। शिकार के लिए कभी-कभी बाय की पंच-गोलियाँ बन्दूक भी ले जाता और उससे हरिन, भेड़िया या दूसरे वन्य पशुओं को मारता। अब गाँववाले उसकी आत्म-श्लाघा को लेकर उपहास नहीं करते, क्योंकि वह कूबकारी की एक-दो बकरियाँ भी अपने घोड़ों पर लटकाए लाता, शिकार से भी सूखे हाथ नहीं आता और कभी हरिन, कभी तीतर, कभी भेड़िया और कभी लोमड़ी भी अपनी जीन से बाँध लाता।

शाकुल अपने नौकरों-चरवाहों की देखभाल नहीं करता और वे क्या खाते-पहनते हैं, इसकी पूछताछ नहीं करता था। तो भी, एशानकुल बाय के कामों में सहायता देता था। इस तरह कूबकारी या शिकार में जाते वक्त वह मुराद के लिए आश-रोटी देकर हाल-चाल पूछता था।

अनाथ | 31

सारा और मुराद का जीवन हँसी-खुशी से बीत रहा था। शादी के जन्म-समय बाय ने जो बकरी दी थी, उसके तीसरे साल दश शिर हो गये थे। घर क्षीर-दही-मट्ठा-मस्का से पला हुआ था। तीन वर्ग का शादी दूध-दही-मट्ठा-मस्का में पला था, इसलिए देखने में वह चार-पाँच साल के बच्चे से भी अधिक मालूम होता था। मुराद ने भी फिर से जवानी पैदा की थी। सुन्दर योग्य स्त्री, समझदार और स्वस्थ पुत्र, झोपड़ा होने पर भी अपना निजी घर, दश शिर बकरियाँ–जिनसे बीवी-बच्चे को काम भी मिला था–इन सबके कारण उसका मन प्रसन्न और जीवन सुखी था।

मुराद हर सबेरे मालिक के घर जाता, प्रातराश के बाद भेड़ों को हाँक कर चराने जाता, शाम को भेड़ों को घर लौटाकर और ब्यालू खाकर अपने घर लौटता। कभी-कभी बाय के घर से बेटवा के लिए माँस या आश भी ले आता। यह चरवाही के हक में शामिल न था और पहले उसे मिलता भी न था।

मुराद अपनी सारी सुख-समृद्धि को अपनी पत्नी के शुभ चरण और पुत्र के सौभाग्य के कारण समझता था, इसलिए उनसे बहुत प्रेम करता था तथा उनके आराम का बहुत ध्यान रखता था। जब मुराद अपने घर आता तो उसकी दिन भर की थकावट दूर हो जाती। बीवी उसके लिए चाय, क्षीर या दधि लाती। पुत्र गोद में आकर उसकी दाढ़ी से खेलता, उसका मुँह चूमता या अपने को चुमाता।

शादी अपने बाप से इतना हिल-मिल गया था और उससे इतना प्रेम करता था कि जब तक बाप घर में रहता, वह एक क्षण भी उसके पास से नहीं हटता, नींद आने पर भी अपनी जगह जाकर नहीं सोता, हर रात बाप की गोद में सो जाता और फिर उसे उठाकर बिस्तर पर ले जाना पड़ता।

सारा भी अपने को बहुत सौभाग्यवती समझती। मुराद से ब्याह होने के बाद उसे शरीर की चिन्ता से छुट्टी मिल गयी थी। शादी के जन्म के बाद माँ-बाप की जुदाई और बन्धु-बाधवों की मृत्यु का शोक दिल से जाता रहा था।

उसके पास शादी था, इसलिए सारी चीजें उसके पास थी। उसे खास तौर से मुराद की भाँति ही अपने शादी पर गर्व था, क्योंकि उसके जन्म लेते ही घर और परिवार का भाग्य खुल गया था।

शादी तीन साल का था। इस पर भी उसका रंग-ढंग बड़ों की तरह का था। वह एक ओर अपने को परिवार का अंग समझता तो दूसरी ओर कर्तव्य की बातें भी समझता, इसलिए अब खेल ही में नहीं, बल्कि काम में भी माँ का सहायक बनता। यदि वह देखता कि माँ दूध दुहना चाहती है, तो बच्चों को पकड़कर रखता ; यदि देखता कि माँ खीर पकाना चाहती है, तो चूल्हे के पास लाकर ईंधन रखता। यदि देखता कि माँ मस्का बिलोने जा रही है, तो वह गड़वे में पानी भरके ला देता ; यदि देखता कि माँ कपड़ा धोना चाहती है, तो वह देग से गरम पानी ले आता।

X   X   X

एक दिन सबेरे मुराद समय से पहले उठा। अभी उसकी बीवी नहीं जगी थी। उसने हाथ-मुँह धोने के बाद स्त्री को जगाकर कहा:

—मैं चाहता हूँ कि आज रात को मालिक के घर खाना न खा घर आकर तुम्हारे साथ खाना खाऊँ। आज दूध को पकाकर दही न बनाना। शाम को खीर अच्छी तरह पकाना। जरा समय पर तैयार करना, क्योंकि आज में समय से पहले आऊँगा।

मुराद अपने काम पर चला गया। सारा भी उठकर अपने काम-काज में लग गयी। शादी के जगने से पहले ही उसने अपने और बच्चे के लिए खाना तैयार कर रखा।

शादी ने जागकर अपने बिस्तरे पर खड़े होकर माँ को पुकारा आचा, बकरियों दुहीं?

—दुहीं, क्या हुआ?—माँ ने जवाब देते हुए पूछा। वह हवेली के बाहर झाड़ू दे रही थी।

—छोटी बकरिया को भी दुहा?

—उसे अगले साल दुहूँगी। अभी वह बच्चा है। माँ नहीं हुई है। जब माँ होगी तो खूब क्षीर देगी।

—ने, ने, मैंने देखा वह क्षीर देती है—कहते शादी अपनी जगह से उठकर बाहर आने के लिए तख्ते के कठघर से चिपक गया, लेकिन वह निकल न सका और ठोकर

खाकर काले चिराग को लिए-दिए गिर पड़ा। चिराग का तेल घर के फर्श पर फैल गया और शादी रोने लगा।

सारा, चिराग गिरने की आवाज और शादी के रोने को सुनकर "क्या हुआ, क्या हुआ" कहती दौड़कर घर के भीतर आयी। उसने फर्श और बिस्तर पर तेल फैला देखकर कहा– रो मत, मैं तुम्हें नहीं मारूँगी, लेकिन आगे खबरदार रहना और किसी चीज को न गिराना।

–क्यों कहती है कि छोटी बकरी दूध नहीं देगी? मैं तख्ते से उतरना चाहता था, उसी वक्त गिर पड़ा।

सारा ने चकित होकर शादी की ओर देखा। उसकी विशाल काली आँखों की चमक अश्रु-विन्दुओं को झलका रही थी। जान पड़ता था, ओस-कण से भरे गुलाब के फूल पर तरुण रवि की किरणें पड़ रही हैं। भय और लज्जा से उसका श्वेत आरक्त मुख ताजे गुलाब की पंखुड़ियों की तरह शोभा दे रहा था।

सारा अपने प्राणों से प्रिय पुत्र के इस अनुपम सौन्दर्य को देखकर अपने को रोक न सकी और शादी को अंक में लेकर उसने उसके मुँह और आँखों को दिल भर चूमा। जब बच्चे का कुर्ता सारा के हाथ में लगा, तो पता लगा कि वह भीगा है। उसने उसे अपने से दूर करके कहा, "तूने आज रात को बहुत बुरा काम किया, इसीलिए रोता है न?" और शादी के लिए दूसरा घुला कुर्ता ले आयी।

मैंने नहीं भिगोया, छोटी बकरी के क्षीर ने भिगो दिया–कहते हुए उसने माँ को फिर आश्चर्य में डाल दिया।

–कहाँ, बतला क्या हुआ, जो बकरी के दूध ने तेरे कुर्ते को भिगो दिया अपने बच्चे को नया कुर्ता पहनाते हुए सारा ने पूछा।

–मैंने सपने में देखा–शादी ने कहना शुरु किया–तख्ता हवेली के सामने रखा है। मैंने कहा :

हा दूरसी दूरसी दूरसी   जा तू ऊपर कुरसी।

छोटी बकरी उठकर तख्ते पर आ गई और उसके स्तन से क्षीर गिरने लगा। मैंने अपने कुर्ते को उठाया कि जिसमें क्षीर जमीन चिर न गिरे, लेकिन क्षीर कुर्ते से पार हो पायजामा भिगोते हुए जमीन पर गिरने लगा।

सारा ने पुत्र के स्वप्न और कर्तव्य को सुनकर उसके जवाब में पद कहा

बकरिया ऊपर तेरे   सूथन भिगाया तेरा।
अगले साल देगी   क्षीर तेरे लिये।

—ने, छोटी बकरिया मुझे इसी साल क्षीर देगी, इसी समय क्षीर देगी। तू तख्ते को घर के सामने रख तो, फिर देख वह कैसे क्षीर देती है–कहते हुए शादी माँ के न मारने पर ढीठ होकर बोला।

सारा ने बेटवा की इच्छा न भंग करते तख्ते को ले जाकर हवेली के सामने रख दिया। शादी तख्ते के सामने खड़ा होकर गाने लगा :

हा दूरसी दूरसी दूरसी   जा तू ऊपर कुरसी।

गाना सुनकर सबसे पहले शादी की समवयस्का बकरी, जोकि अब दो बच्चों की माँ थी दौड़कर आयी और तख्ते के ऊपर चढ़कर चक्कर काटने लगी। छोटी बकरी, जोकि उसकी द्वितीय संतान थी, भी दौड़कर आयी और तख्ते के ऊपर चढ़ने लगी। माँ ने उसके लिए स्थान खाली करते हुए तख्ते से छलाँग मारी। छोटी बकरी तख्ते पर खेलने लगी, लेकिन क्षीर नहीं दिया। शादी ने ध्यान लगाकर देखा, लेकिन बकरी का स्तन नहीं दिखाई पड़ा। शादी ने उदास स्वर में कहा–आचा! इसने क्षीर नहीं दिया। इसके पास थन भी नहीं है।

—क्या मैंने कहा नहीं था कि इस साल दूध नहीं देगी?–सारा ने कहा।

शादी ने सपने में झूठा धोखा देने वाली बकरियों को तख्ते से नीचे ढकेल दिया और उसकी जगह दूसरी छोटी बकरियों को एक–एक करके ले आकर खेलने लगा।

सारा ने झाड़ू–बहारू खतमकर हाथ-मुँह धोकर आवाज दी–आ खाना खायें।

शादी बकरियों के खेल को छोड़कर माँ के पास दौड़ा। सारा ने उसका हाथ मुँह धोया और ले जाकर खाने पर बैठाया।

X   X   X

खाना खाने के बाद सारा घर में ताला लगाकर बकरियों को चराने के लिए घर से निकली। शादी भी हाथ में डंडा लेकर बकरियों के पीछे-पीछे चला। बकरियों के आचा–बच्चा को हाँकते दोनों चर-स्थान पर पहुँचे। शादी डंडे को हाथ में लिए खेतों

के किनारे खड़ा हुआ जिसमें बकरियाँ लोगों के खेतों में न जाएँ। साथ ही वह खेत की मेड़ पर उगी घासों को उखाड़-उखाड़कर बकरियों की तरफ फेंकने लगा।

सारा ने एक ऊँची-सी जगह पर बैठकर सूत कातने लगी। सूत कातने के लिए बहुत सीधा-सादा ढेरा (तकला) मुराद ने एक लकड़ी में डंडी बाँधकर तैयार कर दिया था। सारा अपने कुर्ते के आँचल में धुने बकरी के बाल रख लाई थी। उसमें से एक-एक को निकालकर सूत के सिरे को तकली के सिरे पर लगाती, फिर बाँयें हाथ को ऊपर उठा दाहिने हाथ से ढेरे को घुमाती और इस तरह बाल की रस्सी बनाती जाती। जब एक बार सूत में ऐंठन लग जाती, तो सारा उसे लपेट लेती और फिर कातना शुरु करती।

सूर्य चढ़कर शिर पर आया। बकरियों ने अघाकर चरना बंद कर दिया। सारा ने बाल और ढेरे को सँभालकर बच्चे को आवाज दी–बकरियों को हाँक, चल कुंड पर चलें।

बकरियों के आचा-बच्चा को कुंड पर ले जाकर पानी पिलाया। पानी पीने के बाद बकरियाँ लेट गयीं। सारा और शादी ने घर की रोटी को पानी से भिगोकर खाया और फिर अँजुली से कुंड का पानी निकालकर पिया।

खाना खाने के बाद सारा ने फिर रस्सी बटना शुरु किया। अबकी बार शादी भी काम में उसका सहायक बना। शादी रस्सी को ढेर के साथ घुमाता और सारा बाल को पहले से समान करके उसमें लगाती। चक्कर काटने से रस्सी जितनी ही बुनकर लम्बी होती जाती, उतना ही पीठ की ओर से हटता शादी भी माँ से दूर होता जाता। पचास कदम दूर जाने पर माँ बुलाती और कती रस्सी को ढेरे (तकले) में लपेटते हुए वह माँ के पास चला आता और फिर से काम शुरु होता।

एक घंटा तक बकरियों ने आराम किया। इसी बीच में सारा ने बेटे की मदद से बकरी के बालों की उतनी रस्सी बाँट ली जितनी कि वह सबेरे से दोपहर तक बाँट पाई थी।

बकरियाँ लेटते वक्त जुगाली करती रहीं। चरते वक्त आधा चबाकर रखे भोजन को फिर से दोबारा चबाकर उदर में पहुँचाती रही। अब उसका पेट कुछ खाली हो गया और वह फिर आहार के लिए अपनी जगह से उठीं। सारा भी काम समेटकर बच्चे के साथ बकरियों को हाँककर चरने की जगह गयी।

X   X   X

सारा बहुत देर तक बकरियों को चरा न सकी। धूल-गर्दा उड़ाती आँधी शुरू हो गयी और थोड़ी देर बाद पहाड़ों की ओर मोटे काले बादल दिखाई पड़े। रसोईघर के धूम-सदृश अभ्र उठकर तेजी से दौड़ता गाँव की ओर आया।

सारा ने हवा की आवाज से समझ लिया कि जल्दी ही आँधी-पानी शुरू होने वाला है। उसने जल्दी ही उठकर बच्चे के साथ बकरियों को घर की तरफ हाँका। वह अभी अपने दरवाजे तक भी नहीं पहुँची कि बिजली की गड़गड़ाहट आकाश में सुनाई दी और बकरियों का घर में करते ही पानी भी बरसने लगा।

सारा बकरियों को उनकी जगह करके बच्चे को ले घर में आयी, उसके भीगे कुरते को हटा सूखा कुरता पहनाया और खुद भी भीगे वस्त्र बदले। वर्षा मूसलाधार पड़ रही थी। साथ ही बिजली की गड़गड़ाहट और चमक भी थी जो भय संचार कर रही थी।

सारा और शादी दोनों आचा–बच्चा घर में बैठे सामने खुले द्वार से वर्षा की ओर देख रहे थे। जब बिजली बहुत कड़कती तो शादी माँ के अंक में छिपकर अपने शिर–आँख–मुँह–कान को उसके कंचुक के भीतर ढाँक लेता। दिन बीता, प्रकृति शान्त हुई, वर्षा भी बन्द हुई। सारा ने द्वार के पानी को उलीचा। फिर चूल्हे को सुखाकर खीर पकाना शुरू किया।

वह पति की इच्छानुसार आज कुछ जल्दी भोजन पकाना चाहती थी और चाहती थी कि सारा घर इकट्ठा बैठकर खाए। उसने चूल्हे में आग जलायी। माँ के नहीं करने पर भी शादी ने लाकर चूल्हे के पास ईंधन रखा, लेकिन घर के सामने रखा ईंधन इतना भीग गया था कि या तो न जलता या धुआँ देकर जलता। सारा ने शादी से कहा–मेरी मदद करना चाहता है। अच्छा जा; बकरी-खाने से ईंधन ले आ। वहाँ सूखा ईंधन पड़ा है।

शादी पानी और कीचड़ में पैर थपथपाता जाकर ईंधन ले आया और उसकी माँ आश पकाने लगी। सारा क्षीर और चावल पकाकर आग को धीमी करके घर के भीतर गयी। शादी ने आज नमदे पर तेल गिरा दिया था। सारा ने उसे धोकर फैला दिया जिसमें दाग दिखलाई न पड़े। बाहर पड़े भीग गए तख्ते को कपड़े से पोंछकर घर से भीतर ला रखा। दीपक को साफ कर तेल डालकर उसे दीवट पर रख दिया। खाने के समय पति

के बैठने की जगह पर एक गद्दा बिछा दिया। गद्दे के नीचे उसी के ऊपर दस्तरखान फैला दिया और फिर उसके ऊपर एक रोटी रख कर ढाँक दी।

घर के भीतर खाने की व्यवस्था ठीक कर सारा चूल्हे के पास गयी। चूल्हे में एक-आध लकड़ी लगा आँच को और तेज कर दिया पतीली फिर उबलने लगी। सारा ने खीर को अच्छी तरह चलाकर, उसमें घी डालकर फिर चूल्हे पर रख दिया। वह बकरी दुहने गयी जिसमें शादी ने भी हाथ बँटाया।

X   X   X

सूर्यास्त हो गया। खीर भी तैयार हो गयी, लेकिन अभी तक मुराद का कहीं पता न था। सारा ने चूल्हे की आग बुझा, घर के भीतर जा चिराग जलाया और बच्चे को लिए हुए पति के स्वागतार्थ कूचे में गयी।

गायों के आने की बेला थी। दूर से आने-जाने वालों को ठीक से देखा नहीं जा सकता था। सारा जिस किसी को भी दूर से आते देखती, समझती उसका पति आ रहा है लेकिन उसके दरवाजे के सामने से गुजरने पर जानती कि वह उसका पति नहीं है।

शादी को जोर की नींद आ रही थी। वह नींद की पिनक में बार–बार गिरने लगता, लेकिन माँ के खबरदार करने पर झुँझलाकर पूछता–दादा कब आएगा?

दो घंटे की प्रतीक्षा के बाद भी मुराद नहीं आया। सारा बच्चे को घर में ले आयी और उसे वहाँ रखकर चूल्हे के पास गयी। खीर जमकर ईंट-सी बन गयी थी। एक थाली में शादी के लिए खीर निकाली और चाहा कि बच्चे को जगाकर खिलाये लेकिन वह नहीं जागा। उसने बच्चे को बिस्तरे पर सुला दिया और फिर पति को देखने कूचे में गयी, लेकिन अब कूचे में कोई आ-जा नहीं रहा था, रात काफी हो गयी थी।

सारा बहुत देर तक सुने कूचे में बैठी रास्ते की ओर आँख गड़ाए मुराद के आने की प्रतीक्षा करती रही। फिर बच्चा कहीं डर न जाये, यह विचार कर घर के भीतर आ गयी। बच्चा गहरी नींद सो रहा था, लेकिन सारा के दिल को चैन कहाँ? वह घर में बैठ न सकी। फिर कूचे में गयी और फिर लौटकर घर में आ गयी। कितनी बार कूचे और घर के बीच चक्कर काटे। अंत में वह अपने बच्चे के पास बैठकर उसके मुँह पर आँख गड़ाये चिन्ता करने लगी–उसे क्या हुआ?

सारा अपने प्रश्न का जवाब नहीं पा सकी कि इसी समय घर के बाहर पैर की आहट सुनाई दी।

"आखिर आया" कहती हुई प्रसन्न सारा अपनी जगह से उठकर पति के स्वागत के लिए तैयार हुई। सारा ने खड़ी होकर देखा कि सामने बाय की बड़ी बीवी खड़ी है। सारा उसे देखते ही आशंकित होकर काँप उठी। प्रसन्नता के बाद एकदम निराशा उसके सामने आयी। उसने अपने को सँभालकर बाय की बीवी की ओर देखा। बाय-बीवी ने पूछा– मुराद भाई कहाँ है?

बाय-बीवी का यह प्रश्न सारा के लिए मानो उसके शिर पर एक पतीली उबलता पानी उड़ेलना था। शिर से पैर तक उसका शरीर जलने लगा। उसने मन पर बहुत जोर लगाकर पूछा–मैं उसकी खबर तुमसे जानना चाहती थी।

बाय–बीवी ने बतलाना शुरु किया–आँधी-पानी शुरु होने के बाद तेरे चचा बाय ने शाकुल को बुलाकर उसे मुराद की खबर लेने के लिए बयावान में भेजा और यह भी कहा कि आँधी में यदि भेड़ें इधर-उधर बिखर गयी हों तो उन्हें जमा करके लाने में मुराद की मदद करना। मुराद भूखा होगा, यह सोचकर मैंने शाकुल के हाथ दो रोटियाँ भी भेज दीं।

–शाकुल ने उसे बयावान में नहीं पाया?–अधीर होकर सारा ने बीवी की बात को काटकर पूछा।

–धीरज धर, मैं सब कुछ बतला देती हूँ–कहते हुए बाय-बीवी ने अपनी बात जारी की–शाकुल चरभूमि में गया, लेकिन वहाँ न मुराद का पता था, न भेड़ों का। फिर उसने चारों ओर बयावान, नहरों, शर-वनों को ढूँढ़ना शुरू किया। सूर्यास्त के समय भेड़ों में से कुछ को उसने शर-वन (रसकण्डा वन) के भीतर देखा...

–ददेश् भेड़ों के पास नहीं था?–सारा ने फिर उतावली होकर पूछा।

–धीरज धर, बतलाती हूँ। शाकुल ने एक भेड़िये को देखा। वह एक भेड़ के पेट को फाड़कर खा रहा था। उसने बंदूक से भेड़िये को मार गिराया और फिर मुराद तथा दूसरी भेड़ों को ढूँढ़ने लगा। बहुत कोशिश की, किन्तु पता नहीं लगा। अँधेरा होने पर हाथ-आयी भेड़ों को हाँकता घर आया।

–आखिर मुराद को क्या हुआ?–सारा ने कहा। उसके शिर पर मानो भारी चट्टान गिर गयी।

–कहा तो–बाय-पत्नी ने जोर से कहा–उसका कोई पता नहीं लगा।

—तुम्हारे विचार से उसको क्या हुआ, यह पूछना चाहती हूँ–सारा ने भी बीवी की तरह ऊँची आवाज में कहा।

—तेरे चचा बाय का कहना है कि शायद बहुत अधिक भेड़ों के नष्ट होने से डरकर वह छिप गया या किसी तरफ चला गया, लेकिन दैवी आफत के लिए मैं उसे दंड नहीं दूँगा और मुझसे कहा कि सारा से जाकर कह दे कि अगर मुराद आए तो उसे मेरे पास भेज दे, मैं उससे नाराज न हूँगा।

—मैं उसका पता कहाँ से पाउँ सारा ने बाय-पत्नी की तसल्ली देने वाली बात सुनकर कुछ शान्त भाव से कहा।

—मैं कल सबेरे ही फिर शाकुल को उसे ढूँढ़ने के लिए बयावान में भेजूँगी–कहती हुई बाय की मेहरिया चली गयी।

X   X   X

दूसरे दिन बाय-बीवी फिर सारा के पास आयी और इस बार भी बेवक्त रात में सोने के वक्त। आज जो खबर लायी थी, वह कल से भी बुरी थी। उसके कथनानुसार आज भी शाकुल ने बयावान में जाकर जाँच-पड़ताल की, किन्तु मुराद का कहीं कुछ पता नहीं चला। थककर वह उसी शर-वन के पास आया जहाँ पिछले दिन भेड़ें मिली थीं। शर-वन को भी एक छोर से दूसरे छोर तक देख डाला। वहाँ भी कोई पता नहीं चला, लेकिन जब नहर को देखकर लौट रहा था तो कुछ शरों (सरकंडों) के नीचे उसे खून के चिह्न और फटे वस्त्रों के साथ आदमी की हड्डियाँ दिखाई पड़ीं।

इस समाचार को सुनकर सारा के ऊपर जो गुजरी, उसका चित्र लेखनी से नहीं खींचा जा सकता। उसने ''वाख'' कहकर अपने हाथों को छाती पर मारा, मानो वहाँ से अपने कलेजे को पकड़कर निकालना चाहती हो। फिर जैसे उसके नीचे बारुद की आग लग गयी हो। एकाएक उठ खड़ी हुई और अपने को न सँभालकर जमीन पर गिर पड़ी। कुछ देर तड़फने के बाद उसका रंग सफेद हो गया, हाथ-पैर फैल गए और वह लम्बी पड़ गयी। फिर कोई शब्द या गति उसमें दिखाई न पड़ी।

बाय-बीवी ने समझ लिया कि वह मर गयी, लेकिन जब जेब से दर्पण निका- लकर उसके मुँह के सामने रखा, तो दर्पण धूमिल हो गया। पता लगा कि अभी वह मरी नहीं।

शादी भी माँ की चिल्लाहट सुनकर उसे जमीन पर गिरता देखकर रोता हुआ उसके ऊपर आ गिरा। बाय-बीवी जिस वक्त घर से बाहर निकली, बेटवा के रोने के शब्दों के सिवा और कुछ सुनाई नहीं दे रहा था।

मुराद के गुम होने के एक सप्ताह बाद एशानकुल बाय ने सारा के पास इमाम (पुरोहित) और अक़सक्काल (मुखिया) को मँगनी के लिए भेजा। उन्होंने मुराद के भेड़िया द्वारा खाये जाने पर शोक प्रगट करते हुए बाय का विवाह-संदेश सारा के पास पहुँचाया और कहा कि मुराद की मृत्यु पर बाय को बहुत अफसोस हुआ है। मुराद की आत्मा को शान्ति देने तथा उसकी सेवाओं के बदले उसके पुत्र का बाप बनने के लिए बाय चाहता है कि सारा को धर्मानुसार अपनी विवाहिता बनाये।

सारा उनकी इन बातों को सुनकर रो पड़ी और कुछ देर रोकर दिल हल्का करने के बाद बोली:

—पहले तो अभी यही नहीं मालूम, कि मेरे पति को भेड़िया ने खा ही डाला है ; दूसरे, यदि मेरे पति को भेड़िया ने खा ही लिया हो, तो भी अभी में पति करना नहीं चाहती। मेरे बच्चे के लिए सौतेले पिता की आवश्यकता नहीं। यदि उसकी आयु है, तो हमारे देश में जैसे और बहुत–से बेबाप के बच्चे है, उसी तरह यह भी किसी तरह सयाना हो जायगा।

एशानकुल बाय की बात को सारा ने अस्वीकार कर दिया। बाय इसके लिए कोई दूसरा उपाय सोच रहा था। इसी समय खबर मिली कि उस गाँव से बहुत दूर नीचे की ओर आमू के तट पर पानी में बहकर आया एक मुर्दा मिला है। खबर लाने वाले ने कहा कि मैंने मुर्दे को अपनी आँखों से देखा। वह मुराद की शकल सूरत का था। उसने यह भी बतलाया कि आदमी स्वयं नदी में गिरकर नहीं डूबा, बल्कि उसे गोली मारकर नदी में फेंक दिया गया था।

सारा इस खबर को सुनकर अपने बच्चे को कंधे पर लिए नदी के किनारे-किनारे उस गाँव में पहुँची। मुर्दे को तब तक दफना दिया गया था। उसने कब्र को खुलवाकर देखा—मुर्दे का शरीर बिलकुल फूल गया था और पहचान में नहीं आता था। इसलिए सारा नहीं जान सकी कि वह मुर्दा मुराद का है या किसी दूसरे का तो भी उसको संदेह हुआ कि उसके पति का ही मुर्दा है, इसलिए उसे देखते ही वह फिर बेहोश हो गयी। होश में आकर फिर उसने मुर्दे को इधर-उधर करके देखा, किन्तु वहाँ जगह-जगह छेद थे जिससे वह निश्चय नहीं कर पायी कि उसमें गोली का कोई निशान है या नहीं।

सारा पति के जीने-मरने के बारे में कोई भी निश्चय न कर आँखों से आँसू बहाती हृदय से जलती और तन से काँपती अपने घर लौटी। पति को गुम हुए देर हो गयी। वह भेड़िया या गोली का शिकार हुआ, इस खबर का कहीं से इन्कार नहीं हुआ। इसलिए वह शोक मनाने के लिए सूतक में बैठ गयी।

X   X   X

अभी सूतक के दिन भी बीत न पाये थे कि एशानकुल ने दोबारा मँगनी के लिए आदमी भेजा और अबकी बार और साफ आवाज में। घटक ने जाकर सारा से यह भी कहा तू अपने पति के मुर्दे को अपनी आँखों देख आयी है। अब पति न करने का कोई बहाना नहीं है। यदि अब भी तू पति न करने की बात करती है, तो हम राजी नहीं है कि एक जवान स्त्री बिना पति के जीवन बिताये और उसके कारण गाँव के जवान पाप में पड़े। इसलिए पति करना आवश्यक है। बाय से बढ़कर कोई दूसरा पति होने लायक आदमी इस गाँव में नहीं है।

सारा ने अबकी बार अपनी आवाज बदल दी, घटकों को बेशरम बताया और बाय को बेइज्जत कर उस पर अपने पति के मारने का आरोप लगाया। साथ ही जो भी मुँह से आया, वही कह दिया।

लेकिन बाय इतने से चुप होने वाला नहीं था। उसने पहले गाँव के बड़ों के कंठ में घी लगाया और फिर शाकुल के अधीन गाँव के कितने ही गुंडों को भेजकर रात के वक्त जबर्दस्ती सारा को पकड़ मँगवाया। अंत में इमाम को बुलाकर निकाह पढ़वा लिया। इस तरह सारा उसकी ब्याहता बन गयी।

X   X   X

यद्यपि सारा अब बाय की निकाही बीवी थी, लेकिन बाय का बर्ताव उसके साथ पत्नी-जैसा न था। उसकी आसक्ति भी उसके प्रति वैसी नहीं थी, इस समय सारा को अपने हाथ में करने के बाय के दो उद्देश्य थे। पहला यह कि सारा को दिखलाना चाहता था कि बाय लोग और खास कर एशानकुल बाय जिस बात पर अड़ गये, उसे पूरा करके रहे। जिसने उसके रास्ते में बाधा डाली, वही सारा की तरह ही अंत में नाक रगड़ने को मजबूर हुआ। दूसरा यह कि इस तरह मुराद की जगह बिना पैसे कौड़ी के एक दासी और गुलाम-बच्चा हाथ आयेगा।

इसीलिए निकाह के दूसरे दिन से ही उसने सारा को घर और बयावान के कड़े कामों में लगा दिया। सारा पहले ही से एशानकुल की बीवी बनना नहीं चाहती थी और अब भी वह उसे अपना पति नहीं मानती थी। इसलिए निकाह की रात को जो नया कुर्ता उसे जबर्दस्ती पहना दिया गया था, अकेले होते ही उसने उसे उतारकर फेंक दिया और फिर पेबंद लगे अपने उसी पुराने कुर्ते को पहनने लगी जिसे कि वह घर पर पहना करती थी। बाय के घर में सारा की जिंदगी उस समय की मेहनतकश स्त्रियों के काम करते-करते मरने वाले जीवन से और भी अधिक कष्टमय थी। जैसे दासता युग की दासियाँ सिर्फ काम करने के लिए खरीदी जाती थी, उसी तरह सारा भी सदा काम करने के लिए मजबूर थी। वह बिना ठीक से खाये, बिना ठीक से सोये और बाय और उसकी बीवियों की गालियों और मारों पर "आह" भी न करते हुए काम करती।

बाय शादी का बाप बना था, लेकिन उसके घर में उसकी जिंदगी बेबाप के बच्चों से भी बुरी थी। जिस तरह कूचे में पैदा हुए बेमालिक के पिल्ले हर एक की ठोकर खाते हुए जिंदगी बिताते हैं, उसी तरह शादी भी जिंदगी बिताने लगा। जिस तरह मछली का बच्चा पानी से दूर गलू में पड़ा तड़पता है, उसी तरह शादी भी तड़पते हुए जिंदगी बिताने लगा। शादी को सबसे अधिक दुःख बाय का पुत्र इस्तम् देता था। वह शादी से तीन साल बड़ा था, इसलिए अपने बल का फायदा उठाकर उसे दिन में कई-कई बार मारता था। यदि शादी रोता, तो इस्तम् की माँ उसे और मारती।

शादी जब कुछ बड़ा हुआ और उसमें इतना बल आ गया कि इस्तम् के पैर में हाथ डाल के उठाकर चबूतरे के नीचे फेंक दे। तब इस्तम् की माँ उसके इस अपराध

के लिए अपने ही मारने से सन्तोष न कर उसे अपने पति से भी पिटवाने लगी। एक बार उस पर इतनी मार पड़ी कि उसका सारा बदन सूज गया और वह बीमार पड़कर एक महीना मौत की घाट जोहता रहा। आगे भी कोई दिन ऐसा नहीं जाता जब बाय और उसकी बीवी उसे न पीटती। मार खाते–खाते शादी को उससे बचने का एक ही उपाय सूझा कि मालिक के सामने न आये और इसके लिए घास के ढेर या ऐसी ही दूसरी जगह जाकर सोने लगा। सारा बच्चे को प्राणों से भी प्रिय समझती थीः उसका जीवन उससे बँधा हुआ था। यह शादी की इस हालत को देखती, लेकिन उसकी कोई सहायता न कर सकती, यहाँ तक कि खुद भूखी रह कर भी सूखी रोटी का एक टुकड़ा तक उसे मुश्किल से ही दे पाती।

बाय जब से सारा को अपने घर में लाया, एक बार भी उसने शादी को उसके नाम में पुकारा। वह उसे ''अनथवा'' कहकर पुकारता, ''अनथवा'' कहकर काम अढाता और ''अनथवा'' कहकर पीटता। बाय के मुँह से सुनकर उसके घर के दूसरे व्यक्ति भी उसे ''आनथवा'' कहने लगे। जब शादी कुछ बड़ा हो गया, तो ''वा'' निकाल दिया गया और अब उसे भी लोग ''अनाथ'' कहने लगे। शादी उसका नाम था, यह बिलकुल ही भुला दिया गया। यहाँ तक कि उसने खुद भी अपना नाम बताना छोड़ दिया और किसी के पूछने पर अनाथ कहकर जवाब देने लगा।

फरवरी का महीना था। आकाश से हिमकण की वर्षा हो रही थी और कभी-कभी कड़ी हवा भी चल पड़ती थी। उसी समय एक विशाल मैदान में बहुत से आदमी नंगे शिर खड़े थे। नदी के किनारे कोई छाया नहीं थी कि वह उसके नीचे बैठते। वहाँ न कोई गाँव-गिराँव था, न कोई इमारत ही और न कोई गुफा थी। सिर्फ एक चादर (तंबू) दिखलायी पड़ती थी जिसके ऊपर बेल–बूटेदार आलवानों के टुकड़े सिले हुए थे। चादर के पास एक ओसारे वाला शामियाना तना हुआ था।

तंबू के भीतर कोई नहीं था, किन्तु शामियाने के नीचे दो-तीन पहरेदार खड़े थे। इनके शिर पर शलगमी आकार का सैनिक साफा, बदन पर बुखारी जेहकलानी जामा और पैरों में अमेरिकन बूट थे। इनकी कमर में सफेद संगी का कमरबन्द बँधा था जिससे जान पड़ता था कि वह अमीर के निम्न श्रेणी के दरबारी थे। आदमी तंबू के चारों ओर निगाह डालते खड़े थे और किसी को वहाँ से सौ कदम तक नजदीक नहीं आने देते थे। यदि कोई उधर ध्यान से देखने लगता तो पहरेदारों में से एक बोल उठता, "इधर निगाह न कर, अपनी आँखों को बन्द कर।"

ऐसे में दूर एक सवार आता दिखलायी पड़ा। वहाँ बैठे सभी आदमियों की नजर आगन्तुक के ऊपर गड़ गयीं। सवार तंबू के पास पहुँच कर शामियाने के नीचे खड़े लोगों से "श्रीदरबार कूच कर रहा है" कहकर घोड़े के मुँह को पीछे फिरा कर लौट गया। दो मिनट और बीता। एक सवार घोड़ा दौड़ाता आया, "श्रीचरणों ने घोड़ा माँगा है" कहा और फिर घोड़े का मुँह मोड़ कर दौड़ाता लौट गया। दो मिनट बाद फिर एक सवार आया और "श्री चरण ने अश्व के जीन को शोभित किया" कहकर घोड़ा दौड़ाता लौट गया। इसके बाद हर दो मिनट के बाद एक-एक सवार घोड़ा दौड़ाता आया और बिना कुछ कहे उसी तरह घोड़ा दौड़ाता लौट गया।

इस तरह की व्यर्थ की घोड़दौड़ देर तक नहीं हुई कि एक सवार आया जिसके पीछे घोड़े की जीन के ऊपर छोटे पैरोवाली मोड़कर रखी चारपाई भी बँधी थी।

वहाँ जमा हुए आदमियों से एक फटा-पुराना जामा पहिने आदमी ने अपने पास खड़े सैनिक से पूछा–यह क्या है?

–यह श्रीचरण की अपनी चारपाई है। जब श्रीचरण सोना चाहते हैं, तो इसी के ऊपर पौढ़ते हैं–सैनिक ने जवाब दिया।

चारपाई वाले के बाद एक दूसरा सवार आया। वह अपने आगे घोड़े रखकर घोड़ा दौड़ाता आया। उसी आदमी ने फिर पूछा–यह क्या है?

यह ताजा पोलाव से भरी देग चूल्हे से उतारकर लायी गयी है–सैनिक ने कप–यदि श्रीचरण दो मन्जिलों के बीच में भोजन करने की कृपा करते हैं, तो इसी में से निकाल लेते हैं।

इसके बाद फिर एक सवार आया जिसके घोड़े पर एक जोड़ा दो-दो खानेवाला लकड़ी का ढाँचा था। हर एक खाने में एक-एक कूजा (सुराही) था, यानी सब मिलाकर चार कूजे रखे थे। कूजों के ऊपर सवार बैठा था। उसके हाथ में एक चीनी का कटोरा भी था। सवार पैरों को घोड़े की गर्दन की तरफ लटकाये घोड़ा दौड़ाता आया।

–यह क्या है?–उसी आदमी ने पूछा।

इस आदमी को "सूफी आब–कस" कहते हैं–सैनिक ने जवाब दिया–इन कूजों में खास तौर से पानी भर के रखा गया है कि जिस समय भी श्रीचरण पानी माँगे, कटोरे में डालकर उन्हें दे दिया जाय।

उसके बाद फिर घोड़ा दौड़ाता एक सवार आया। इस सवार ने एक प्याले को रूमाल के भीतर रखकर रूमाल के चारों छोरों को हाथ से पकड़कर ऊपर उठा रखा था।

–यह क्या है?

–यह "शर्बतदार" है। रूमाल के भीतर के प्याले में शर्बत भरा है। यदि श्रीचरण शर्बत पीने की इच्छा प्रकट करते हैं तो शर्बतदार तुरन्त इस प्याले को श्रीचरणों के सामने रख देता है।

रास्ते के किनारे की बिलों से ऊदबिलाव चेहरा निकाले हुए थे। कुछ तमाशबीनों ने उनके ऊपर ढेले-पत्थर फेंके। एक ऊदबिलाव लोगों से डरकर भागा। शर्बतदार का घोड़ा दौड़ता हुआ उसके पास आया और उसे देखते ही भड़ककर पिछले पैर के बल खड़ा हो गया। शर्बतदार सँभाल नहीं सका और उसके हाथ से प्याले वाला रूमाल छूटकर तमाशबीनों के सामने जा गिरा। प्याला टूटकर टूक-टूक हो गया, किन्तु उसमें शर्बत-वर्बत कुछ नहीं निकला।

–यह प्याला खाली था क्या? फटे-पुराने जामेवाले आदमी ने अपने पास खड़े आदमी को "शर्बत भरा है" कहने के लिए झूठा ठहराते हुए पूछा।

सैनिक का मुँह लाज से लाल हो गया, लेकिन उसकी ओर से एक दूसरे आदमी ने कहा–हो सकता है, अमीर उस चारपाई पर कभी एक बार भी सोया न हो, वह देग भी खाली और कूजे भी बेपानी हो; लेकिन लोगों के सामने बादशाही दबदबा दिखलाने के लिए इन चीजों को इसी तरह लेकर दौड़ते हैं।

अब रास्ते से अकेले अकेले सवार नहीं, बल्कि बहुत-से सवार भारों-से लदी घोड़ा-गाड़ियों के साथ, चारों ओर एक-दूसरे के ऊपर रास्ते का कीचड़ उछालते आए। इन घोड़ा-गाड़ियों में से एक घोड़ा-गाड़ी (अराबा) पर ओहार चढ़ा हुआ था। आहार के ऊपर बड़ा नमदा डालकर गाड़ी को खूब अच्छी तरह ढाँक दिया गया था।

–यह उर्दा (अन्तःपुर) का अराबा है–सैनिक पोशाक वाले आदमी ने बिना किसी के पूछे ही कहना शुरु किया इसके भीतर श्रीचरणों का माननीय अन्तः पुर और खास बीवियाँ बैठी है। निषिद्ध व्यक्तियों की नजर उनके ऊपर न पड़े, इसलिए आराबा को चारों ओर से खूब ढाँक दिया गया है।

अराबा जाकर चादर (तंबू) के पास खड़ा हुआ। शामियाने के नीचे खड़े खिदमतगारों में से एक ने आकर नमदे को खोल दिया और उसके भीतर से कोई सोलह-सत्रह साला लडके एक के पीछे एक। नकलकर तंबू में चले गये। लड़कों की पोशाक बहुत अच्छी थी, लेकिन उनका रंग बहुत उड़ा हुआ था और चेहरे से जान पड़ता था कि बहुत समय जेल में रहकर अभी-अभी बाहर निकले हैं या सालों की बीमारी के बाद अभी-अभी उठे हैं।

–वे कौन है?–कहकर फिर उसे फटे जामेवाले ने पूछा, जो मानो हर चीज को जानना चाहता था, लेकिन इस अराबा को उर्दा का अराबा कहने वाले आदमी ने मुँह को दूसरी ओर फेर लिया था, जैसे उसने कुछ सुना ही नहीं; लेकिन किसी दूसरे आदमी ने प्रश्न का जवाब देते हुए कहा:

–यह वह लड़के हैं जिन्हें अमीर ने जोर–जुलुम से उनके माँ-बाप से छीन करके अलग रखा है। यह जुल्म के सताये वह अभागे हैं जिन्हें कि अमीर ने अपने दरबारी भ्रष्टाचार के कीचड़ में डालकर अपनी पाशविकता का शिकार बना रखा है। यह नवजात हरे अंकुर है जिन्हें अमीर के गन्दे जूतों ने पामाल कर रखा है। यह वह नवोत्फुल्ल कलियाँ हैं जो अन्यायी के ताप के नीचे मुरझा गयी हैं। यह दरबारी जीवन से घृणा रखते हैं, यह उत्पीड़ित हैं, रंज और शोक सहने वाले हैं ; इसीलिए जिन्दा होने पर भी इनके मुँह का रंग मुर्दे की तरह है।

सवारों और अराबों के गुजर चुकने पर अमीर का निजी सेनादल दिखलायी पड़ा। इनकी पोशाक क़फ़काज़ (कांकेसस) वालों जैसी थी और इन्हें ''क़फ़काज़''

का नाम भी मिला था। क़फ़क़ाज़ सैनिक दल के निकल जाने पर अमीर के उदेची और शगावुल दिखलायी पड़े। इनके हाथों में सोना मढ़े चोब (सोटी) थे और सुनहली डोरी थी। अगाड़ी-पिछाड़ी वाले घोड़ों पर सवार थे और घोड़ों को न दौड़ाकर कुछ धीरे-धीरे चला रहे थे। उनमें से एक ने ऊँची आवाज से कहा:

–"हजरत अमीर विजयी और जयशाली हों!" फिर दूसरे ने चिल्लाकर कहा– "हजरत अमीर (श्रीमहाराज) विश्व-विजयी (जहाँगीर) होवें, उनका खड़्ग तीक्ष्ण और उनकी यात्रा निर्विघ्न हो!"

तीसरे ने उनके जवाब में कहा–"इलाही! आमीन" (भगवान्! एवमस्तु!)

फटे जामेवाला इन चिल्लाहटों को सुनकर ठठाकर हँसा।

क्यों हँस रहा है? एक ने उससे पूछा।

–अमीर अपने देश के उत्पीड़ित मेहनतकशों पर विजय नहीं प्राप्त कर सका। उन्होंने इसे देश से नष्ट करने के लिए हथियार उठाया है। उन पर इसने विजय न पायी और न पायेगा। यहाँ हम आँखों देख रहे हैं कि वह अपने देश में कैसी बेइज्जती और रुसवाई के साथ निकाला जाकर दूसरे देशों में भागा जा रहा है और भी ये लोग "श्री महाराज विजयी और जयशाली हों, उनका खड़्ग तीक्ष्ण हो और वह विश्व-विजयी हों" कहते हुए चिल्ला रहे हैं। क्या यह हँसी आने की बात नहीं है?–फटे जामेवाले ने कहा।

–हाथ में हथियार उठाए उत्पीड़ित मेहनतकशों के हाथ से सलामती के साथ भाग निकलना भी अमीर के लिए एक विजय है–एक दूसरे आदमी ने कहा–चाहे जहाँगीर (विश्व-विजयी) न हो, किन्तु परदेश में जाकर दर-बदर भटकते "जहाँ-गर्द" (विश्व-अटक) तो हो ही सकते हैं।

अब एक भारी दल प्रगट हुआ जिसे देखकर लोगों ने कहना शुरू किया–इन्हीं के भीतर अमीर आ रहा है, लेकिन चारों ओर से हथियारबंद अफगान घेरे हुए थे, इसलिए उसे कोई देख नहीं सकता था।

–क्यों अमीर ने अफगानों को अपना रक्षक बनाया? फिर फटे जामेवाले ने पूछा।

–अमीर ने अपने लोगों पर बहुत जुल्म किया है, इसलिए उनसे बहुत डरता है, यहाँ तक कि अपने निजी सैनिकों पर भी विश्वास नहीं रखता। इसीलिए लोगों के लूटे माल से इन परदेशियों को खरीदकर उन्हें अपना मददगार बनाकर भाग रहा है–एक दर्शक ने कहा।

अमीर तम्बू के पास जाकर घोड़े से उतर पड़ा और फिर तम्बू के भीतर गायब हो गया। कुछ मिनट बाद एक पेशखिज़मत (खिदमतगार) एक अमलदार (अफसर) को आवाज देकर अमीर के पास ले गया। पाँच मिनट बाद उस अमलदार ने दर्शकों के पास आकर स्थानीय बायो (सेठ जमींदारों), अरवाबों (चौधरियों), अकसक्कालों (मुखियों), मुल्लों (पुराहितों) और अमलदारों को अलग कर, एक ओर ले जाकर उन्हें अमीर का सलाम देकर कहा:

—श्रीचरण भाग्य, नसीब और भगवान की इच्छा के अनुसार पड़ोसी देश में जा रहे हैं। श्रीचरण नहीं चाहते कि उनके सच्चे गुलाम बोलशेविकों के हाथ से कष्ट सहें इसलिए उन्होंने कहने की कृपा की है, ''बाय लोग अपनी सभी चल संपत्ति, नगद पैसा, पशुओं और अपनी बीवी-बच्चों को साथ ले मेरे पीछे नदी (आमू) पार आयें।'' और यह भी कृपावचन कहा है, ''वे अपने नौकरों, चरवाहों और खिदमतगारों को साथ लिए-दिए दरिया पार करें जिसमें कि उनकी सहायता से अपने पड़ोसी के देश—जो कि मेरा दोस्त है और अपने वतन की तरह है—में आकर अपनी खेती, पशुपालन या वाणिज्य के काम को जारी रख सकें। मुल्ला लोग मेरे लिए दुआ करते यहीं रह जायें और मेरे विरुद्ध तलवार उठाने वाले भुक्खड़ मेहनतकशों और बोलशेविकों के विरुद्ध, शराफत के नाम से लोगों को उभाड़ें। स्थानीय अमलदार हाथ में हथियार लें, देहात को बर्बाद करें, मकानों और खेतों को जलायें, लोगों को मारें और परिवारों को नष्ट करें जिसमें कि सभी बेजार होकर मेरे शासन काल को याद करें। अरबाब और अक़सक्काल मुँह पर पर्दा डालकर बोलशेविक सरकार के भीतर घुस जायें और जहाँ तक हो सके, भीतर ध्वंश से विनाश का काम करें।

अमीरी सरकार के खैरखाह इस बात को सुनकर ऊँची आवाज में चिल्ला उठे—''हम सभी जान-माल और बीवी-बच्चों के साथ श्रीआज्ञा के बन्दे हैं। हमें विश्वास है कि जल्दी ही अपने देश को फिर से अपने हाथ में लायेंगे।''

इस हल्ले के जवाब में वहाँ एकत्रित लोगों में से, जिनमें अधिकांश फटे जामेवाले थे किसी ने अपने हाथ को मुँह पर रखकर सीटी बजायी और दूसरों ने ऊँची आवाज से कहा:

—इसके बाद देश को तू सिर्फ अपने स्वप्न में ही देख सकेगा।

अमीर और उसके अमलदारों को इस वक्त इतना अवसर नहीं था कि अपना अपमान करनेवालों को पकड़कर दंड दें, क्योंकि दूर से तोप की आवाज आ रही थी। अमीर और उसके अमलदार वहाँ तैयार की हुई नावों पर सवार हो गए और उनके मुँह को अफगानिस्तान की ओर घुमाकर जोर से खेया जाने लगा।

अमीर के दूर हो जाने पर बायों और बाय-बच्चों ने अपने आदमियों और सम्बन्धियों को हुक्म दिया कि बयावान में जायें और जो कुछ भी भेड़-बकरी या पशु हाथ आयें, सबको हाँककर नदी पार करायें। वह स्वयं अपनी चल संपत्ति, रुपया-पैसा, बीवी-बच्चों और खिदमतगारों को लेने के लिए अपने गाँवों की ओर चले गए। इसी समय एशानकुल बाय ने भी अपनी भेड़ों और ढोरों को लाने के लिए शाकुल को भेजा और स्वयं घोड़ा दौड़ाता अपने गाँव की ओर गया।

8

नदी किनारे कुछ पालवाली बड़ी-बड़ी नावें तैयार थीं। सवार जिन भेड़ों और ढोरों को हाँककर लाए थे, उनमें से अधिक से अधिक को उन्होंने नाव पर चढ़ाया, लेकिन नदी के किनारे बहुत अधिक भेड़े रह गयीं, क्योंकि नाव में उनके लिए जगह न थी। ढोर हाँककर लाने वाले चाहते थे कि भेड़ों के पैरों को बाँधकर उन्हें भी बेजान माल की तरह नाव के ऊपर डाल दें, लेकिन इसके लिए मल्लाह तैयार न थे। वे कहते थे—यदि परिमाण से अधिक बोझा लादा गया, तो नाव डूब जायगी?

अनाथ भेड़ों के पीछे-पीछे दौड़ता-हाँफता नदी किनारे पहुँचा था। वह भी भेड़ों के साथ नाव पर चढ़ गया। एक पशु हाँकने वाले ने अधिक भेड़ों के चढ़ाने के लिए मल्लाहों से झगड़ते समय किश्ती में अनाथ को देखा। उसने जाकर उसे उठाकर नदी के किनारे की ओर फेंक दिया और "तू किस काम आयगा, तेरी जगह यदि एक भेड़ पार हो, तो वह मेरे लिए अधिक लाभ की होगी" कहते हुए नाव से उतरकर एक दूसरी भेड़ को लाते हुए मल्लाह से बोला, "अच्छा तो उस बच्चे की जगह इस भेड़ को रखते हैं।"

नाव से उठाकर अनाथ को फेंक दिया गया, किन्तु वह तुरन्त ही अपनी जगह से उठ गया और नाव के छोर को पकड़े हुए ''मेरी मैया, अपनी माई के पास जाऊँगा'' कहते हुए चिल्लाने लगा, किन्तु उसी आदमी ने फिर उसे चढ़ने नहीं दिया।

बच्चे के रोने-चिल्लाने से मल्लाह को दया आ गयी और उसने उसे उठाकर अपनी बगल में बैठाते हुए कहा :

—मैलश (अच्छा), नाव भारी होकर डूब जाय, बायों के माल और जानवर नष्ट हो जायें, मुझे इससे क्या? यदि नाव न डूबी तो तुझे अपने साथ निकाल ले चलूँगा और तेरी माँ के पास पहुँचा दूँगा।

X   X   X

नदी पार कर अनाथ उन कैम्पों को एक-एक करके देखने लगा जिनमें भगोड़े ठहरे हुए थे।

उसने पहाड़ी सानुओं, विस्तृत बयावानों, मैदानों, चरभूमियों, खड्डों और गुफाओं को छान मारा, किन्तु उसे वहाँ करुणामयी माँ नहीं मिली। वह तो केवल माँ के पाने के ही लिए नदी पार आया था।

नदी के नजदीक वाले प्रदेश में माँ को न पाकर अनाथ इस पराये मुल्क के और भीतर के स्थानों को ढूँढ़ने के लिए चल पड़ा। वह उन सभी जगहों में जाता जहाँ कि सफेद भगोड़े ठहरे हुए थे। दिन बीत गया और रात आ गयी। दिन भर के थके अनाथ ने एक भगोड़े के तंबू में जाकर ठहरने की आज्ञा माँगी, लेकिन डेरे के स्वामी ने एक टुकड़ा रोटी देने की जगह उसे पत्थर मारते हुए कहा—इस देश में यात्रा करके हम ही पेट भर पाए हैं कि तू ही अब चला है पेट भरने?

यद्यपि उस आइल (डेरे) में गेहूँ—उड़द के भरे हुए बोरे जगह–जगह रखे थे भागते वक्त पकाकर लायी गयी रोटियाँ थीं, माँस में नमक डालकर रखा हुआ था, भेड़ों को दुहकर जमाया गया दही था और मक्खन निकालने और पनीर सुखाने की तैयारी हो रही थी।

अनाथ रात को एक गड्ढे में घुसकर उसी तरह भूखा-प्यासा सो गया, लेकिन उसे नींद नहीं आयी। बार-बार करवटें बदलते और करुणामयी माँ को याद करते हुए शिर को गड्ढे की दीवार से लड़ा-लड़ाकर रोता रहा। लेकिन कोई नहीं था जो उसकी

पुकार को सुनता, उसके रोने-सिसकने पर पसीजता। रात्रि के अंतिम पहर तक स्वप्न या बेहोशी में समय गुजारा। जब आँख खुली तो देखा कि सूर्य का प्रकाश गड्ढे के अन्दर आ रहा है। अनाथ ने गड्ढे से निकल कर रास्ता पकड़ा और फिर रोटी के बदले पत्थर खाते हुए आगे कदम बढ़ाया। दोपहर के वक्त उसमें चलने की शक्ति बिलकुल न रह गयी और एक सूखे घास के मैदान में जाकर लम्बा पड़ रहा। उसने एक सूखी, किन्तु वर्षा से भीगी बूटी को तोड़कर मुँह में डाला और चबाना चाहा, लेकिन स्वाद इतना कड़ुवा था कि निगल न सका। उसने उसे मुँह से थूककर बहुत थू-थू किया, किन्तु मुँह की कड़ुवाहट और मन की अरुचि दूर न हुई।

कुछ क्षण बाद मुँह का स्वाद फिर पहले जैसा हुआ, लेकिन भूख अँतड़ियों को काटने लगी। उसने लकड़ी लेकर जमीन को खोदा और मिट्टी के नीचे से पतली जड निकाल कर चबाना शुरू किया, पर यह भी कड़ुवी और दुःस्वादु थी, तो भी चबाते वक्त उससे रस निकला, जिसके भीतर जाने से अनाथ का चित्त कुछ तुष्ट हुआ। वह आँखों को दबा कर चेहरे पर सिकुड़न डाले हुए चबाई हुई जड़ को जोर लगाकर निगल गया। मन खराब नहीं हुआ और जड़ ने जाकर पेट में स्थान लिया। अनाथ की हिम्मत बढ़ी और उसने और भी कितनी ही जड़ों को खोदकर खाया। पेट को कुछ आराम मिला। उसको भी कुछ हिम्मत हुई। इस तरह वह फिर आगे रवाना हुआ। आज अनाथ ने कई बार जड़ और पानी से पेट को आराम दिया और शाम तक माँ की खोज करता रात में फिर एक गड्ढे में पड़ कर सो रहा। शाम को आसानी से नींद आयी, लेकिन रात को नींद उचट गयी। उसके पेट में दर्द होने लगा। उसने कै करना चाहा, लेकिन कै में कुछ निकला नहीं। उसने पानी से बाहर पड़ी मछली की तरह रात बितायी। सूर्योदय के बाद वह फिर गड्ढे से निकला, लेकिन पेट के दर्द और पैर के फफोलों ने उसमें चलने की शक्ति नहीं रखी। फफोलों ने फूटकर पैर को घायल बना दिया था। अब उसके सामने दो ही रास्ते थे या तो उसी जगह पड़ा-पड़ा भाग्य पर विश्वास कर मरने की तैयारी करे, या दिल कड़ा करके रास्ते रास्ते करुणामयी माँ को ढूँढ़ने की कोशिश करे।

उसने अपने मन से कहा, "चाहे मैं यहाँ पड़ा रहूँ या भटकता रहूँ, मेरे भाग्य में मरना बदा है, लेकिन एक जगह रह कर निराश होकर मरने की तैयारी करने से

अपने लक्ष्य की ओर बढ़ना कहीं ठीक है।” वह फिर अपनी जगह से उठा, लेकिन पाँच-छह कदम जाकर रास्ते में गिर पड़ा। पेट और पैर के दर्द के मारे वह सीधे खड़ा नहीं हो सकता था। वह चौपायों की तरह पैर के पंजों, घुटनों और हवेली को जमीन पर जमाकर आगे बढ़ने लगा। घंटा भर इस तरह पशुचारिका करते समय रास्ते के कंकड़-पत्थरों, काँटों और सूखी खूटियों ने उसकी हथेली और घुटनों को भी लहूलुहान कर दिया, लेकिन तब भी वह अपने रास्ते पर चलता ही रहा।

X   X   X

अनाथ चार दिन तक इसी तरह सरकता रहा। माँ के मिलने की उसे कोई आशा नहीं रह गयी कि इसी समय उसने अपनी माँ को देखा। एक विशाल बयावान था जिसमें एक बड़ी रबात (किला जैसी इमारत) थी। उसी के पास सारा मालों को चरा रही थी। अनाथ माँ को देखते ही “मादर-जान” कहकर अपनी सारी शक्ति लगाकर चुम्बक की ओर भागते लोहे की भाँति माँ की ओर दौड़ा, लेकिन पाँच-छह कदम दौड़ने के बाद बेहोश होकर जमीन पर गिर पड़ा। यह बेहोशी शायद भारी हर्ष के कारण हुई, या शायद पेट-दर्द और पैर की पीड़ा से हुई।

सारा ने अपने प्राणप्रिय पुत्र की आवाज पहचानी और अपनी लाठी को एक तरफ फेंककर दोनों हाथों को दो तरफ फैलाया और उड़ने वाले पक्षी की तरह अपने शावक की ओर यह कहते हुए दौड़ी “जानकम् (मेरे प्राणक), जानकि अजीजकम् (मेरे प्राणप्रियक), जानकि शीरीनकम् (मेरे मधुर प्राणक)।” स्नेहमयी माँ की गोद में पहुँचकर उसके गरम और मधुर चुम्बनों द्वारा अनाथ होश में आया। अपने सूखे हुए ओठों को करुणामयी माँ के शर्करिल ओठों से लगाकर उसकी जीभ को वह वैसे ही पीने लगा, जैसे बचपन में उसके स्तनों को पिया करता था, लेकिन ज्यादा शराब पिये आदमी के एक बार में ही बड़ा प्याला भर शराब पी लेने की खुमारी से जैसे वह फिर बेहोश हो गया।

सारा ने फिर अपने गरम क्रोड़ और चुम्बनों से उसे दोबारा होश में लाकर, उठाकर रबात के भीतर पहुँचाया। रबात के भीतर न बाय था, न उसका बेटा, न बीबियाँ। सारा ने दही-रोटी से अनाथ की भूख दूर की।

माँ-बेटे ने पहले आप-बीती सुनायी। फिर अनाथ ने पूछा–यह रबात किसकी है?

–यह रबात एक स्थानीय बाय की है। जाड़ों में वह अपने गाँव चला जाता है। बाय उससे माँगकर इसी जगह ठहरा हुआ है।

–और बाय कहाँ है?

–बाकी बचे अपने मालों को इधर लाने के लिए नदी तट पर गया है।

– उसकी स्त्रियाँ कहाँ है?

–आपस में लड़ पड़ीं–कहते हुए सारा ने लड़ाई की बातें एक-एक करके कह सुनायी। सारा के कथनानुसार एशानकुल बाय अपने मालों और बीवियों को लेकर नदी तटपर पहुँचा। वहाँ एक नाव थी। बाय ने अपने ढोर, व्यापार का सामान, गल्ला-दाना और दूसरी चीजें नाव पर चढ़ायी। भार ज्यादा हो गया, इसलिए मल्लाह बाय और उसकी बीबियों को चढ़ाने को तैयार न हुआ। बाय स्वयं और अपने परिवार के साथ गुप्सर (मशक वाली नाव) द्वारा नदी पार होने के लिए बाध्य हुआ। उसने अपनी तीनों स्त्रियों को तीन गुप्सरों पर चढ़ाया और स्वयं एक गुप्सर पर चढ़कर अपने बेटे इस्तम् को अपने पीछे सवार कराके बोला–“अपनी आँखे मूंदकर दोनों हाथों को मेरी बगल में डालकर खूब मजबूती से पकड ले।” स्वयं बाय आगे-आगे और उसकी बीवियाँ पीछे-पीछे पानी काटते हुए आगे बढ़ी। नदी के बीच तक गुप्सरें ठीक से आयीं, पर जब नदी की तेज धार में पहुँचीं, तो लहरों में अपनी गुप्सरों को संभाल न सकी। पहिले बड़ी बीवी और फिर मझली बीवी गुप्सर से गिरी और दो-तीन बार गोता खाकर पानी की तीक्ष्ण धारा में लुप्त हो गयीं। बाय सिर्फ सारा तथा इस्तम् के साथ नदी के दूसरे किनारे पहुँच सका।

सारा ने बात को समाप्त करते हुए कहा–इस तरह अब बाय की मैं ही अकेली बीवी, अकेली दासी, अकेली चरवाहिन और अकेली खिदमतगार रह गयी हूँ।

–इस्तम् क्या हुआ?– अनाथ ने पूछा।

—इस्तम् बाप के साथ सलामती से नदी पार होकर आया, लेकिन इस समय वह यहाँ नहीं है। बाय उसे अपने साथ ले गया है। वह उसे मेरे पास नहीं छोड़ता। उसको मेरे ऊपर विश्वास नहीं है और डरता है कि कहीं दुश्मनी से मैं उसके लड़के को हानि न पहुँचा दूँ।

—बाय के चरवाहे और नौकर क्या हुए? अनाथ ने पूछा।

सारा ने जवाब देते हुए फिर सारी कथा सुनायी अमीर के भाग जाने पर गाँव के सब बायों ने, जिनमें एशानकुल बाय भी था, अपने गाँवों में जाकर सभी माल-असबाब, गल्ला-दान जमाकर रोटियाँ पकाकर, भेड़ों को मार कर कुछ दिनों के लिए भोजन तैयार किया। फिर उन्होंने अपने चरवाहों और नौकरों को भी यह कहकर बहकाया कि अब हमारा देश काफिरिस्तान हो गया, आओ हम मुसलमानाबाद (मुस्लिम देश) चलें। इसी समय गाँव से बहुत दिनों का गया एक आदमी पहुँचा। वह वही आदमी था जो कि मुराद के मुर्दे की खबर लाया और फिर कहीं चला गया था। वह साल में एक-दो बार बीवी बच्चों को देखने गाँव में आता, लेकिन रात बिताकर फिर चला जाता। बाय जिस दिन भागने के लिए तैयार थे, उसी दिन वह आदमी गाँव में आया। उसने गाँव के गरीबों, नौकरों और चरवाहों को जमाकर के कान्ति की बात कही और लोगों को बायों के विरुद्ध भड़काते हुए कहा :

—सोवियत सरकार मजूरों और किसानों की सरकार है। यह सरकार सदा गरीबों की मदद करती है, उन्हें बायों की दासता से मुक्त करती है, धरती-पानी देती है और गरीबों के पुत्रों, बे-माँ-बाप के बेबस बच्चों को बालशाला में रखकर पालन-पोषण करती और उन्हें पढ़ाती है, काम और हुनर की बात सिखला दुनिया में भेजती है। बाय जिन बोलशेविकों से डरते हैं, वे कौन है! बोलशेविक मजदूरों में सबसे अग्रगामी व्यक्ति है। वह एक पार्टी में संगठित है। उन्होंने आदमियों को बायों, अमीरों और उनके अमलदारों से मुक्त करने का बीड़ा उठाया है। उन्होंने रूस के मजूरों को पूरी तरह से अपनी ओर करके वहाँ के बादशाह, अमलदारों और मुफ्तखोर बायों (पूँजीपतियों) से मुक्त कर दिया है। बोलशेविकों की पार्टी मजूरों और किसानों की सरकार का पथ-प्रदर्शन करती है। बोलशेविक पार्टी के नेता लेनिन और स्तालिन जैसे दुनिया के अद्वितीय बुद्धिमान है। वे ऐसे पुरुष हैं जिन्होंने अपना सारा जीवन जाँगर चलाने वाले आदमियों के सुख और सौभाग्य के लिए अर्पण कर दिया है।

उस आदमी ने लोगों की ओर ध्यान से देखा और जान गया कि लोग उसके एक-एक शब्द को अंगूर के दाने की तरह हृदयस्थ कर रहे हैं। उसने फिर कहना शुरू किया बाय लोग कह रहे हैं, "अब हमारा देश काफिरिस्तान हो गया है।"—वे ऐसी बातें करके तुमको डराते हैं, लेकिन बोलशेविकों और सोवियत सरकार की दृष्टि में काफिर और मुसलमान जैसा कोई नहीं है। बोलशेविकों की दृष्टि में आदमी दो वर्गों में बँटे हैं : बाय और गरीब, मुफ्तखोर और मेहनतकश। सोवियत सरकार दुनिया के सभी मेहनतकशों को अपना प्रिय पुत्र समझती है। यही कारण है कि रूस की महान् कमकर जनता और उसकी प्रथम सोवियत सरकार बुखारा के मेहनतकशों की मदद करने आयी और उन्हें अमीर के जुल्म और अत्याचार से मुक्त किया और आगे भी वह हमारी सहायता करने को तैयार है।

सबसे पहले शाकुल का नौकर एरगश बेदांत, जिसके दो दाँत एक मुर्गे की मृत्यु के लिए पत्थर मारकर तोड़ दिए गये थे—सभा में बोलने के लिए आया और उसने उस जवान की बात का समर्थन करते हुए कहा :

—मैं 15 साल से शाकुल-बाय-बच्चा की खिदमत कर रहा हूँ, लेकिन कभी पेट भर रोटी नहीं खायी, कभी नया कपड़ा नहीं पहना। इन सारी मुफ्त की सेवाओं के बदले उसने पत्थर मारा और मेरे अगले दोनों दाँतों को तोड़ दिया। पहले मुझे लोग एरगश कहते थे, लेकिन पीछे बाय की कृपा से मेरा नाम एरगश-बेदाँत पड़ गया। जवान ने एरगश के बाद फिर अपनी बात शुरु की :

—यदि शाकुल ने तेरी खिदमत के लिए एक पत्थर देकर तेरे दो दाँत तोड़ दिए, तो उसने एशानकुल के हुकम से एक गोली मारकर मुराद को दुनिया से खतम कर दिया और उसकी स्त्री को, दासी और बेटे को अनाथ बना दिया।

आदमी जवान की इस बात को सुनकर चिल्लाने लगे। अभी तक लोग संदेह ही करते थे कि एशानकुल बाय ने मुराद को मरवाया है, लेकिन किसी ने इस बात को खुलकर कहते नहीं सुना था। यह खबर सारा के पास भी पहुँची और उसने अपने प्रिय पति के हत्यारे खूनखूर (खूँखार) शाकुल और भेड़िये एशानकुल को साफ तौर से जान लिया।

इस सभा के बाद लोगों को इतना गुस्सा आ गया कि यदि उनके पास हथियार होते तो वे भागने के लिए तैयार बायों को मारकर उनकी सारी चीजें छीन लेते। अफसोस

कि उनके पास कुदाल-फावड़े के सिवा और कोई हथियार नहीं था और बायों में के हर एक के पास दो-दो तीन-तीन पंचगोलिया बन्दूकें थीं। गाँव के मेहनतकशों में से कोई बायों की बात में नहीं आया और न उनके पीछे गाँव छोड़ने के लिए तैयार हुआ। सारा ने भागने के दिन की बात करते हुए कहा–यही कारण हुआ कि एशानकुल बाय के नौकर और चरवाहे भी दूसरे मेहनतकशों के साथ सोवियत सरकार के पक्षपाती हो गए और बाय के पीछे नहीं आए। मैं भी आना नहीं चाहती थी, लेकिन बाय ने एक कदम भी मुझे अपने से दूर हटने नहीं दिया। गर्दन में बन्दूक, कमर में तलवार और हाथ में तमंचा लिए मुझे आगे-आगे गुप्सर पर सवार कराया और दूसरी बीवियों को स्वतंत्र छोड़कर मेरी गुप्सर की रस्सी को अपने हाथ में पकड़े रहा।

–उस आदमी का क्या नाम था जो कि बायों के विरुद्ध खड़ा हुआ? क्या वह हमारी जान-पहिचान का नहीं है? अनाथ ने सवाल किया।

–ने, तू उसे नहीं पहचानता। वह गाँव में कम आया करता है। शायद तूने उसे कभी देखा भी न हो सारा ने जरा दम लेकर एका-एक कहा–एय, नहीं जानता, कुर्बान नाम के बच्चे को?

–हाँ, हाँ, उसे मैं जानता हूँ–अनाथ ने माँ की बात काटकर कहा–वह बहुत अच्छा लड़का है। मैं उसे 'अका कुर्बान' (कुर्बान भाई) कहता था। चरभूमि में भेड़ों को सँभालना जब मुश्किल हो जाता था तो वह मेरी मदद करता था।

–ठीक है–सारा ने कहा–मैंने जिस आदमी का जिक्र किया, वह इसी कुर्बान का रूज़ीमुराद है।

–अब मुझे याद आया, मैंने एक बार उसे देखा था। कुर्बान ने मुझे बतलाया था कि यह मेरा बाप है। किन्तु मुझे विश्वास नहीं हुआ था। वह लड़के की तरह जान पड़ता था, यद्यपि कद लम्बा था। लेकिन दाढ़ी नहीं थी और मूछ भी कम-कम थी।

–उसकी उमर तीस से ज्यादा है, लेकिन दाढ़ी नहीं रखता, इसलिए लड़का-जैसा मालूम होता है।

–ठीक है–अनाथ ने कहा।

सारा ने बात समाप्त करते हुए कहा–तू यदि मेरे पीछे न आया होता, तो अच्छा होता। यदि तू वहाँ रह गया होता तो जैसा कि, रूज़ीमुराद ने कहा, बोलशेविक तुझे

बालशाला में रखकर लिखा-पढ़ाकर आदमी बना देते अगर जिंदगी रहती, तो हम फिर एक दूसरे से मिल जाते।

माँ की इस बात को सुनने के बाद अनाथ की इच्छा होने लगी कि वह लौटकर बोलशेविकों के देश अर्थात् अपने देश में जाये और बालशाला में रहकर आदमी बने, लेकिन उमर छोटी होने से इस विचारधारा को कार्यरूप में परिणित करना सम्भव नहीं था।

रूज़ीमुराद ने मुराद की हत्या के बारे में जो कुछ साधारण सभा में कहा था, उसके अनुसार उस दिन सबेरे ही मुराद अपने घर से निकलकर एशानकुल बाय की हवेली में गया और वहाँ से भेड़ों को चराने के लिए चर हाँक ले गया। अभी वे पेट भर चर भी न पायी थी कि उत्तर की ओर से हवा तेज हुई और थोड़ी देर बाद उत्तर-पूरब दिशा से काले मेघ छाने लगे। फिर बिजली की कड़क हुई और मूसलाधार वर्षा होने लगी। परस्पर विरोधी हवाएँ चारों ओर से आकर मिली और घास, तृण और दूसरी चीजों को नचाते हुए आसमान की ओर ले जाने लगीं। इस बवण्डर ने हलकी जड़वाली घासों को भी उखाड़ कर आसमान की ओर फेंक दिया। देखनेवालों को मालूम होता था कि भूमि से आकाश तक हवा, मिट्टी और तिनकों-पत्तियों का मीनार बनाया गया है। बहुत समय नहीं बीता कि सारा बयावान ऐसे बवण्डरों से भर गया।

परिस्थिति इतनी तेजी से बदली कि मुराद अपनी भेड़ों को लेकर भाग न सका। वह किंकर्तव्यविमूढ़ हो गया। उसने समझ लिया कि भेड़ें भाग गयी है, लेकिन किधर भागीं, इसका उसे ज्ञान न हो सका, क्योंकि उस आँधी में आँख खोलना मुश्किल था। एक घंटा अंधों की तरह इधर-उधर धावने के बाद आँखों को हाथ से मूँदकर वह एक जगह बैठ गया और आँधी के थमने की प्रतीक्षा करने लगा। आँधी थमते-थमते उत्तर-पश्चिमी हवा—वर्षा ले आयी और वर्षा ने उड़ती धूल को नीचे बैठाना शुरू कर

दिया। अभी भी हवा बिलकुल बंद न हुई थी, लेकिन आँख खोलकर चारों तरफ देखा जा सकता था।

मुराद ने ढूँढ़ते–ढूँढ़ते कितने ही समय बाद अधिकांश भेड़ों को शरवन (सरकंडे के वन) में पाया। भेड़ें वहाँ भी आराम से खड़ी नहीं थीं, बल्कि कीचड़-पानी में इधर-उधर गिरती-पड़ती दौड़ रही थीं। मुराद को इसका कारण जल्दी ही मालूम हो गया। वहाँ एक भेड़िया एक भेड़ को चीरकर खा रहा था। भेड़ें "वर्षा से भगा कीचड़ में गिरा" की कहावत के अनुसार आँधी से भागकर भेड़िये के चंगुल में जा फँसी थीं। मुराद को कुछ समझ में नहीं आ रहा था कि क्या करे। उसके पास हथियार नहीं था कि भेड़िये से लड़ता। हाथ में सिर्फ चरवाहों की लाठी थी जो भेड़िए से लड़ने के लिए बेकार थी। यदि वह उस हथियार से भेड़िये पर आक्रमण करता तो भेड़िया उसे फाड़कर खा जाता।

इसी समय मुराद ने शाकुल को गाँव की ओर से आते देखा। वह पीठ पर बन्दूक लटकाए घोड़ा दौड़ाए आ रहा था।

घोड़ा जब शर-वन के नजदीक पहुँचा तो उसका पैर कीचड़ में पड़ा और वह जमीन पर गिर पड़ा। घोड़े को गिरते देखकर शाकुल उसके ऊपर से छलाँग मारकर गड्ढे के दूसरी ओर पहुँच गया। शाकुल ने बहुत कोशिश की कि घोड़े को दलदल से निकाले, लेकिन असफल रहा। घोड़ा जितना ही अपने को निकालने की कोशिश करता, उतना ही कीचड़ में धंसता जाता। शाकुल ने अपनी सारी शक्ति लगाकर पूरी कोशिश की, पसीने-पसीने हो गया और अंत में थक कर किनारे बैठ गया।

मुराद देख रहा था। वह शाकुल की सहायता के लिए दौड़ा। उसने घोड़े के सामने झुककर उसके पैर को दलदल के किनारे रखा और फिर उसके सीने में रस्सी लगाकर जोर लगाया। घोड़े ने अपने अगले पैरों को कीचड़ से निकाल लिया। मुराद इसी समय जोर लगाकर घोड़े को किनारे की ओर खींचने लगा। जब घोड़े के दो पैर सूखे में पड़ गए तो उसने बल लगाकर अपने को दलदल से बाहर कर लिया।

शाकुल यह सब देख रहा था। मुराद की ताकत को देखकर उसे अचरज हुआ और बाहर से शाबाश कहने पर भी वह दिल में सोचने लगा, "मैं इस आदमी का मुकाबिला नहीं कर सकता। यदि आमने-सामने मुकाबिला हो तो वह पीसकर मेरा भुर्ता बना देगा।"

शाकुल ने घोड़े को लेकर शर-वन के पास आकर दो रोटियों को निकालकर मुराद को दिया और उससे आँधी के बारे में पूछा। मुराद आज की दौड़-धूप से बहुत थका और भूखा था। उसने रोटी को मुँह से काटते हुए आँधी और भेड़िये के एक भेड़ खाने की बात कही। शाकुल के पूछने पर मुराद ने उस जगह को भी बतला दिया जहाँ भेड़िया भेड़ को खा रहा था। शाकुल बंदूक हाथ में ले उस तरफ सरकने लगा और उसने भेड़िये को देखकर लेटे ही लेटे बंदूक दागी। इधर बंदूक से धुआँ निकला और उधर भेड़िया अधखायी भेड़ के पास गिरकर छटपटाने लगा। भेड़ें अब भी भेड़िये के डर के मारे घबड़ाई हुई थीं। बंदूक की आवाज सुनकर वह और बिदककर चारों ओर भागने लगीं। मुराद ने उन्हें शान्त कर शर-वन से निकालने की कोशिश की, किन्तु शाकुल ने उससे कहा:

—व्यर्थ कोशिश न कर। अब वह अपने आप ही शान्त हो जायेंगी। इस समय उन्हें यहीं छोड़कर मेरे साथ नदी पर आ। तू वहाँ अपनी रोटी भिगोकर खाना और मैं तीतर का शिकार करूँगा। तूने आज मेरी सेवा की है, उसके लिए मैं तुझे तीतर भेट करना चाहता हूँ। तू उसे घर ले जा कबाब बनाकर बीवी बच्चे के साथ खाना। हमारे लौटने तक भेड़े भी शान्त हो जायेंगी।

मुराद ने शाकुल की सलाह मान ली। शाकुल ने अपने घोड़े को शर-वन के पास छानकर चरने को छोड़ दिया और दोनों नदी की ओर गए।

वर्षा बहुत कम रह गयी थी लेकिन आज की आँधी-बवंडर और वर्षा के कारण बयावान में कोई प्राणी दिखलायी नहीं पड़ता था। तो भी शाकुल रास्ता चलते वक्त चारों ओर नजर डाल रहा था। मुराद ने उसकी चेष्टा पर आश्चर्य करते हुए पूछा :

—क्या किसी आदमी या चीज की प्रतीक्षा है जो इधर-उधर देख रहा हो?

—ने, मुझे किसी बात का ख़याल नहीं है। मैं अपने जीवन में कभी ऐसी बातों को ख़याल में भी नहीं लाता। न मैं किसी से डरा और न डरूँगा। देख रहा हूँ कि कहीं कोई शिकार तो नहीं—शाकुल ने जवाब दिया।

इस तरह के दिन में बयावान में शिकार नहीं दिखलायी देते। सभी आँधी-पानी से भाग गए हैं।

—शायद आँधी–पानी से भागकर वे हमारी तरफ आ जायें।

मुराद और शाकुल जाकर नदी किनारे बैठे। मुराद रोटी खाने लगा और शाकुल अपनी बंदूक को इधर-उधर से देखते हुए आखेट की तारीफ करने लगा।

—आखेट या शिकार की कला बहुत ही अच्छी चीज है। शिकारी प्रतिदिन ताजा स्वादिष्ट माँस खाता है। लोमड़ी और हरिन जैसे जानवरों के चमड़ों के बेचने से उसका खीसा सदा पैसे से भरा रहता है। सियार और भेड़िये–जैसे हिंस्र पशुओं को मारकर वह पशुओं और आदमियों को उनके चंगुल से बचाता है। यदि मैं उस भेड़िये को नहीं मारता तो अब तक वह सभी भेड़ों को फाड़ डालता और शायद तुझे भी हानि पहुँचा चुका होता।

शाकुल ने खड़े होकर चारों ओर नजर दौड़ाई और फिर बैठकर डींगने लगा :

—मैं खुद एक अच्छा शिकारी हूँ। यदि बुलबुल की आँख पर निशाना लगाऊँ, तो भी गोली खाली न जाए।

शाकुल थोड़ा चुप रहकर बंदूक की नली को देखते हुए फिर कहने लगा :

लेकिन मैंने इस हुनर पर आसानी से अधिकार नहीं पाया। बहुत अभ्यास किया, बहुत-सा गोला-बारूद नष्ट किया, तब कहीं जाकर अच्छा शिकारी बना। अब भी जब कभी छुट्टी मिलती है तो अभ्यास करता हूँ जिसमें बंदूक से हाथ और निशाने से आँख न बहके। यदि मैदान में जाने पर कोई शिकार नहीं मिलता, तो भी अभ्यास करके घर लौटता हूँ। यहाँ कोई चीज दिखलाई नहीं पड़ती तो भी थोड़ा अभ्यास करना चाहिए।

शाकुल ने कारतूस को ठीक से लगाकर बन्दूक को चारों ओर से देखकर मुराद से कहा:

—उठ, अपनी लाठी को लेकर वहाँ उस कीचड़ के पास जा और उसमें कोई निशान बतला। देख तो मैं उस जगह गोली मार सकता हूँ या नहीं।

मुराद ने अपनी लाठी को हाथ में ले शाकुल की बतलायी जगह पर लाठी गाड़कर उसे निशान की जगह बतलायी और "हाँ, इसी जगह मार" कहकर उसने वहाँ से हटना चाहा।

शाकुल बंदूक लिए तैयार था। उसने मुराद को वहाँ से हटने का मौका न देकर घोड़े को दबा दिया। मुराद गिर पड़ा गोली लाठी में न लगकर मुराद की बगल में लगी। शाकुल बंदूक को एक ओर रखकर मुराद के पास आया। मुराद अब भी छटपटा रहा

था। शाकुल ने पैर थामकर उसे नदी में फेंक दिया और अपने आपसे कहा, "अब घोड़ा दौड़ाऊँ, यह पंचगोलियाँ अपना हलाल का माल है।"

एशानकुल बाय अपने सारे माल-असबाब को नदी पार भेजने के बाद पड़ोसी देश के और भीतर की तरफ गया। वहाँ उसने अपने लिए रबात बनायी और शाकुल को भी अपना सहभागी बना लिया। नवी रबात में चले जाने के बाद उसने एक सफेद भगोड़े की लड़की के साथ ब्याह किया। बाय की नयी स्त्री और शाकुल की स्त्री रबात के भीतर बाय-बिका (सेठानी) बन बैठीं। घर का सारा काम, पशुओं की देखभाल और भेड़ों का चराना सारा के ऊपर था जिसमें अनाथ भी माँ की मदद करता था।

बाय ने एक नयी रहस्यपूर्ण जिंदगी शुरू की। वह शाकुल और अपने लड़के इस्तम् को साथ लेकर, आधी रात को घोड़े पर सवार होकर रबात से निकल जाता और कुछ दिन गायब रह फिर आधी रात को रबात में आ पहुँचता। जब बाय रबात में रहता तो उसके पास रात को बड़ी पागवाले आदमी आते। ये आदमी बंदूकें, तमंचे और कारतूसों से भरे खलीते लाकर बाय को देते और वह उन्हें निकोलाय (जार) के सोने-चाँदी के सिक्के और अफगानी रुपये देता।

जब रबात में इस तरह के बहुत-से हथियार जमा हो जाते, तो बाय, शाकुल और अपने बेटे के साथ तमंचों और कारतूसों को खुर्जियों में रखता और बंदूकों को लोइयों में लपेटता। फिर उन सभी चीजों को तीनों घोड़ों पर रखकर सवार होकर हाथ में बंदूकें लिए दोनों आधी रात को रबात से रवाना होते और कुछ दिनों के बाद फिर लौट आते, लेकिन लौटते वक्त उनकी खुरजियाँ खाली होतीं। पास में भी बंदूक न होती।

अनाथ सारी बातों को देखता, लेकिन भेद न समझ पाने से चकित होता। एक बार उसने इसके बारे में माँ से पूछा। सारा ने जवाब दिया—हथियार बेचना इस देश में फायदे का रोजगार है। जान पड़ता है बाय हथियारों की सौदागिरी करने लगा है।

इसी बीच एक ऐसी बात हुई जिससे अनाथ को गुप्त रहस्य का पता लग गया। एक दिन अनाथ शाम के बाद अपनी माँ के साथ भेड़ों को चरागाह से लौटा कर लाया था। सारा रबात के भीतर चली गयी और अनाथ भेड़ों को हाँककर भेड़खाने में ले गया। फिर पास में घास और तृण को बराबर करके अपने लिए सोने की जगह बनायी और वहीं पालथी मारकर बैठ गया। एक घंटे बाद बाय के पुत्र इस्तम् ने एक कटोरा पानी और एक टुकड़ा सूखी रोटी लाकर अनाथ को ब्यालू के लिए दी। अनाथ पानी में भिगोकर रोटी खाने के बाद सोने के लिए पड़ रहा, लेकिन उसे नींद नहीं आयी। गर्मी थी और घास–तिनका उसके शरीर में गड़ रहा था। साथ ही बड़े-बड़े मच्छरों ने भी आक्रमण कर दिया था। जहाँ वे काट लेते, उस जगह चकता पड़ जाता। कान घड़ता घाव में नमक डाल दिया गया है। खुजली भी बहुत होती। खुजलाने पर और भी अधिक पीड़ा होती।

आधी रात हो गयी, लेकिन अब भी अनाथ को नींद नहीं आयी। इसी समय किसी ने रबात के फाटक को तक् तक् किया जिसे सुनकर शाकुल ने भीतर से आकर दरवाजे को खोल दिया। दो सवार भीतर आकर घोड़े से उतरे। शाकुल ने उनके घोड़ों को एक-एक करके ले जाकर दीवार में गड़े खूटों में बाँध दिया और खुद उन्हें चबूतरे के पास ले जाकर बैठाया। फिर चिराग और बिछौना लाने तथा बाय को खबर देने के लिए भीतर चला गया। कुछ क्षणों के बाद हाथ में चिराग लिए बाय भी भीतर से आया। शाकुल ने शाल ले आकर चबूतरे के बिछौने पर बिछा दिया। बाय ने दीपक को बीच में रखकर मेहमानों से कुशल-क्षेम पूछा। सभी चिराग के चारों ओर बैठ गये।

अनाथ चिराग की रोशनी में नवागन्तुकों की ओर एक-एक करके देखने लगा। पोशाक और रंग-रूप में वह स्थानीय लोगों जैसे न थे। उनके शिरों पर वैसे बड़े-बड़े पग्गड़ नहीं थे, जैसे रात को प्रायः आने वालों के होते थे। उनकी शकल-सूरत नदी (वक्षु) की दूसरी तरफ के लोगों जैसी थी।

बातचीत शुरु हुई। उनकी भाषा नदी के उस पार-जैसी थी। वही भाषा, जिसे लेकर अनाथ पैदा हुआ और बढ़ा था। उनकी बात में बारबार हिसार, रेगर, कूकताश, कबार्दियान, देहनी और तिरमिज़-जैसे रायनों (परगनों) और गाँव के नाम आते थे। यह सभी नदी के उस पार अवस्थित थे। बात के बीच में कई नाम आते थे जिन्हें

अनाथ ने पहले नहीं सुना था। जो नाम अधिक आते थे, उनमें कुछ थे इब्राहीम बेक, फुजेल मखमूम, एशान सुल्तान, अनवर पाशा, जब्बार खुजाइन, दौलतमंदबी और कूर शेरमत। बातों के बीच में बासमची और कूरबाशी (बासमचियों के सरदार) के शब्द प्रायः आते थे। अनाथ ने उनके मुँह से बोलशेविक शब्द भी सुना। उसने इस शब्द को माँ के मुँह से भी एक-दो बार सुना था। मैंने बोलशेविकों की तारिफ रूज़ीमुराद का भाषण सुनाते समय की थी, लेकिन आज रात के मेहमान बोलशेविकों को सिर्फ गालियाँ दे रहे थे।

उनके सारे वार्तालाप को सुनकर अनाथ सिर्फ इतना ही समझ सका कि नदी की उस तरफ बोलशेविकों ने मजूरों और किसानों की सरकार कायम की है। उस सरकार ने मंगो, भूखों, गरीबों, नौकरों, चरवाहों, कटाईनार, किसानों और खिदमतगारों को अपनी तरफ कर लिया है, उनके बीच धरती पानी को बाँट दिया है, और वाय-एशान (गुरु), मुल्ला और अमीर के अमलदारों की शामत गरीबों के ऊपर से दूर कर दिया।

बायों, सूदखोरों, एशानों (गुरुओं), अमीर के अमलदारों और मुल्लों ने बोलशेविकों और मजूर-किसान-सरकार के विरुद्ध सेना संगठित की है जिसे उन्होंने बासमची नाम दिया है। इन्हीं बासमचियों के सरकार बाय और सूदखोर आदि बने हैं। उनका उद्देश्य है मजूर–किसान–सरकार को नष्ट करना, गरीबों को फिर बायों का गुलाम बनाना और अमीर को फिर से तख्त पर बैठाकर उसे बादशाह बनाना।

एशानकुल बाय ने अपने मेहमानों से बात करते हुए कहा बासमचियों ने स्वयं अपना नाम बासमची नहीं रखा, क्योंकि इसका अर्थ चोर-डाकू है और लोग चोर-डाकुओं से घृणा करते हैं। उनका सबसे अच्छा नाम अनवर पाशा ने दिया, वह है "इस्लाम की सेना" और उसने स्वयं "इस्लाम सेना का अमीर" की उपाधि धारण की है।

बाय के बासमचियों के काम की योजना के बारे में कहा–बासमचियों को सिर्फ मजूर-किसान-सरकार को रास्ते से निकालना या बोलशेविकों को खत्म करना या बोलशेविकों या मजूर-किसान-सरकार की सहायता करने वालों को पकड़कर मारना ही नहीं है; बल्कि जो कोई भी गरीब नौकर या चरवाहे हाथ लग जायें, उन्हें बिना किसी मुलाहिजे के मार डालना है; क्योंकि बोलशेविकों और किसान सरकार की

जड़ मजबूत करने वाले वे ही लोग हैं। यदि मजूर और गरीब न होते तो न बोलशेविक मैदान में आते, न मजूर-किसान-सरकार ही सामने आती।

मेहमानों में से एक ने कहा–अब तक तो गरीबों और उनकी बीवी-बच्चों को मारने में हमारा पैर कभी नहीं लड़खड़ाया, न हाथ ही कँपा। हम प्रायः लालसेना की पोशाक पहनकर जाते, गाँवों को जलाते और गरीबों को मारते हैं। इस तरह हम एक तीर से दो शिकार करते हैं। एक ओर गरीबों का विनाश करते हैं और दूसरी ओर लोगों के भीतर बोलशेविकों और लालसेना के विरुद्ध घृणा पैदा करते हैं।

सामने रखे भोजन को खा लेने के बाद मेहमान चलने को तैयार हुए। शाकुल अन्दर से कुछ बंदूकें, तमंचे और कारतूस ले आया। तमंचों को उसने मेहमानों की खुरजी में डाल दिया और बंदूकों को लोई में लपेट कर रस्सी से बाँध उनके हाथ में दे दिया। चलते वक्त एक मेहमान ने बाय की ओर निगाह करके कहा–अपने घर-बार, धरती-जमीन छोड़कर दूसरे देशों में मारे-मारे फिरने वाले बायों का कर्तव्य है कि बासमचियों की हर प्रकार से सहायता करें। जो चीज भी उनके पास है, उसे और शरीर के वस्त्र तक को बेचकर उसके पैसे से हथियार खरीदकर बासमचियों को दें। जब हम विजय प्राप्त कर लेंगे, तो बायों को फिर धरती-पानी, माल-असबाब और नौकर-चाकर मिल जायेंगे और जो वह खर्च कर रहे हैं, उसका दशगुना-सौगुना होकर उन्हें मिलेगा।

–हम इस रास्ते में सिर्फ अपने माल असबाब को ही नहीं, बल्कि आवश्यकता पड़ने पर अपने प्राण को भी न्यौछावर कर देंगे।

इसी बीच तमंचा छूटने की आवाज आयी और बाय “हाय मरा” कहते हुए जमीन पर गिर पड़ा। मेहमान और शाकुल हँस पड़े। पता लगा कि एक मेहमान ने अपने तमंचे को भरा है या खाली, यह जाँचने के लिए हवा में छोड़ा था। तमंचा भरा था। उस मेहमान ने खुरजी में से नया कारतूस निकालकर तमंचे में भरा हुआ था। वे लोग अपने-अपने घोड़े पर सवार होकर रबात से बाहर निकल गये। बाय उसी तरह बेहोश लेटा रहा।

अनाथ छिपी जगह से इस सारे वार्तालाप को सुनता रहा और अपने मन में सोचने लगा–जिस समय मैं अपने वतन को लौटूँगा, मेरा सबसे पहला काम होगा,

बायों को पकड़कर मजूर-किसान-सरकार के हाथ में सौंपना, क्योंकि यही बासमचियों को हथियारबन्द कर गरीबों और चाकरों को मरवाते हैं।

दो साल बीत गये। नदी पार से लायी एशानकुल बाय की भेड़ों की संख्या बहुत कम हो गयी। उसकी अधिकांश भेड़े रबात बनाने, ब्याह करने और खासकर बासमचियों को हथियारबंद करने में खर्च हो गयीं। बाय ने देखा कि बाकी बची भेड़ों को सारा अकेली चरा सकती है, इसलिए अनाथ को हर रोज एक सूखी रोटी देना भी व्यर्थ है। बस, तो उसने एक दिन सूर्योदय होने के पहले ही अनाथ को रबात से बाहर करते हुए कहा–जहाँ जाना चाहे जा, तेरे खिलाने के लिए मेरे पास फजूल की रोटी नहीं है।

सारा ने अनाथ के सभी फटे-पुराने लत्तों को लाकर उसे पहनाया और एक लत्ते में एक रोटी लपेटकर उसके हाथ में दी। फिर बेटे को अंक में भरकर रोने लगी। अपने आँसुओं से उसके गालों को भिगोने के बाद आँखें पोंछती हुई बोली बेटा इस देश में अधिक मारा-मारा न फिर, जैसे भी हो सके, नदी पार हो अपने वतन को चला जा, वहाँ बालशाला को ढूँढ़ना। वहाँ लोग पढ़ा-लिखाकर बड़ा करेंगे। दुःखी मत हो, मेरे प्राण, यदि मौत ने छुट्टी दी, तो मैं भी तेरे पीछे आ जाऊँगी।

अनाथ ने नंगे पैर पैदल रास्ता पकड़ा और जब तक रबात आँखों से ओझल न हो गयी, अब तक पग-पग पर एक बार घूमकर रबात के पास खड़ी अपनी करुणामयी माँ की ओर देखता रहा। फिर रोकर आँखों को पोंछकर, न चाहते हुए भी पग आगे बढ़ाता रहा। यह वियोग अनाथ के लिए बहुत ही असह्य था। वह एक ऐसे व्यक्ति से अलग हो रहा था जो उससे प्रेम करता, उसके नाज उठाता और कठिनाई के वक्त उसे तसल्ली देता था।

कितनी ही बार उसके दिल में आया कि लौट जाए और माँ के पास रहे, लेकिन उसने सोचा यह संभव नहीं, क्योंकि मालिक अपनी रबात में जगह नहीं देगा। फिर वह कहाँ सोएगा और क्या खाएगा?

माँ की अवस्था अनाथ से भी बुरी थी। वह अपनी आँखों से देख रही थी, कि उसका प्राणप्रिय पुत्र सदा के लिए उससे अलग हो रहा है, लेकिन वह उसे अपने पास रख नहीं सकती थी। वह अपनी आँखों देख रही थी कि उसका प्राण शरीर से निकल रहा है, लेकिन वह उसे अपने शरीर में रखने की शक्ति नहीं रखती थी। सारा की बहुत इच्छा हुई कि बाय की रबात को छोड़कर पुत्र के साथ चली जाय, लेकिन उसकी हिम्मत नहीं हुई, क्योंकि वह जानती थी कि यदि बाय देख लेगा, तो उसे जाने से रोकेगा ही नहीं, बल्कि मार-मारकर मुर्दा बना देगा। इसलिए उसने अपने संकल्प को अनुकूल अवसर के लिए रख छोड़ा।

सारा ने अनाथ की ओर से आँखों को नहीं फेरा। अनाथ जितनी ही दूर होता गया, उतना ही उसकी आँखों में अँधेरा छाता गया। अंत में अनाथ उसकी आँखों से ओझल हो गया—सारा का सूर्य डूब गया और दुनिया उसे अँधेरी दिखायी देने लगी।

''बदमाश! क्यों यहाँ मुल्लों की तरह खड़ी है। दिन हो गया और अभी तक भेड़ों को चराने नहीं ले गयी?'' इन शब्दों को सुनकर सारा ने आँख खोलकर देखा कि बाय उसे गाली दे रहा है और सूर्य भी आला बराबर ऊपर उठ आया है। सारा ने डर से काँपते-काँपते बाय की भेड़ों को चराने के लिए निकाला, लेकिन उसका सारा ध्यान पुत्र की ओर लगा रहा। वह सदा इसी विचार में रहती कि कैसे बाय के घर से निकल भागे।

बाय को भी सारा के विचारों की गन्ध लग गयी थी। उसने अपने पुत्र को जो कि अब सयाना हो गया था—सारा के ऊपर रखवाली के लिए छोड़ दिया और इसीलिए उसे घर से दूर या साथ भी न ले जाता। इस्तम् की नजर सदा सारा पर रहती।

X   X   X

अनाथ चलता रहा था, लेकिन कहाँ जा रहा है, यह उसे मालूम न था। अपने दिल में उसने निश्चय कर लिया था कि नदी-तट पर पहुँच वहाँ से जल्दी ही अपने वतन चला जाऊँगा, लेकिन उसे यह भी मालूम न था कि रास्ता नदी-तट पर जाता है कि नहीं। नदी किनारे का ध्यान करके वह पहाड़ों के किनारे-किनारे, मैदानों के ऊपर ऊपर, दरों, गड्ढों और नालों से होकर गुजरने लगा। जब थक जाता तो पानी के किनारे बैठकर आराम करता और रोटी के एक टुकड़े को भिगोकर खाता। इसके बाद फिर चलना शुरु करता।

दिन बीत गया। सूर्य डूब गया। दुनिया में अंधकार छा गया। अनाथ एक झोंपड़े के पास पहुँचा और सोने के विचार से उसके अन्दर चला गया। झोंपड़े के अन्दर एक ओर बकरी बँधी थी जिसका दूध उसका बच्चा पी रहा था। दूसरी ओर दो स्त्री-पुरुष आमने-सामने बैठे रोटी-दही खा रहे थे। मर्द ने अनाथ से उसके वहाँ आने का कारण पूछा।

—मैं नदी के उस पार का एक मुसाफिर हूँ। माँ गुम हो गयी है, उसी को ढूँढ़ता फिर रहा हूँ और आज रात बिताने के लिए यहाँ आया हूँ–यह कहते हुए अनाथ ने अपने दिल में कहा–"यह बात झूठी नहीं है। यद्यपि मैं अपनी जननी माता को नहीं ढूँढ़ रहा हूँ, तो भी उस माँ को ढूँढ़ रहा हूँ जिसने मुझे अपनी गोद में पाला-पोसा जरूर है। वह माँ मेरा देश है और ऐसा देश है जो अब वस्तुतः गरीबों और चाकरों का देश हो गया है।"

"बहुत अच्छा" मर्द ने कहा और मेहरी ने दस्तरखान के पास बैठाकर उसे भी रोटी-दही खाने को दी। खाना खतम कर लेने पर मेहरी ने उसे एक तरफ सुला दिया।

सबेरे तड़के ही अनाथ उठकर हाथ-मुँह धोकर चलने के लिए तैयार हुआ, लेकिन स्त्री ने बिना कुछ खिलाए-पिलाए नहीं जाने दिया। उसने उसे दूध में रोटी तोड़कर खिलाई और फिर एक रोटी रास्ते के लिए देकर बिदा किया।

अनाथ चलने के लिए अपनी जगह से उठा, लेकिन कदम रखने पर मालूम हुआ कि पैरो में कष्ट है। स्त्री ने उसे रोककर उसके पैर के तलवों को देखा। वहाँ फफोले पड़े हुए थे और उनमें से कुछ फूटकर रिस रहे थे। "ऐसे पैरों से तू सौ पग भी नहीं चल सकता"–औरत ने कहा और और उसे बैठाकर पुराने लत्ते और लोई के टुकड़ों को जूते की तरह पैरों में मजबूती से बाँध दिया। फिर, "अब जा, भगवान तेरी रक्षा करें", कहकर बिदा किया।

अनाथ अपनी यात्रा के दूसरे दिन उस भली औरत की दी हुई रोटी को खाकर शाम तक चलता रहा। उसे एक अधिक आबाद गाँव मिला। गाँव के भीतर घुसते ही एक बड़ा दरवाजा था जिसके भीतर एक बड़ी हवेली थी। हवेली के सामने भेड़ें और काले माल (ढोर) भरे हुए थे। एक आदमी ने अनाथ की पिछली रात वाली बात को सुनकर जवाब दिया–यहाँ मुसाफिर के लिए जगह नहीं है–फिर सन्देह की दृष्टि से देखने लगा।

अनाथ ने उसके संदेह को दूर करते हुए कहा–इतनी बड़ी हवेली है। इसमें इतने अधिक पशु रह रहे हैं। क्या यहाँ एक चौदह साला बच्चे के लिए एक ओर सिर रखने का भी स्थान नहीं है। मैं समझता हूँ कि आप मुझे चोर समझ रहे हैं। यदि में चोर होऊँ भी, तो इस उम्र और इस हालत में मुझसे क्या बन सकता है?

मर्द ने कुछ लज्जित होकर आँख से इशारा करके कहा–"जा, वहाँ सो जा।"

रात बीत गयी। सबेरे तड़के अनाथ चलने के लिए उठ खड़ा हुआ। आदमी को वह कुछ अच्छे स्वभाव का मालूम हुआ। उसने उससे फायदा उठाने के लिए कहा तू थका-सा मालूम होता है, कुछ दिन मेरे घर में ठहर। मेरा चरवाहा बीमार हो गया है। जब तक वह ठीक होकर न आ जाये, तू मेरी भेड़ों को चराता रह।

अनाथ को यह बात पसन्द आयी। दो दिन की यात्रा से वह बहुत थक गया था। सोचने लगा–कुछ दिन इस आदमी की चरवाही करूँ और खाने के लिए जो रोटी मिले, उसमें से एक भाग बचा-बचाकर रखता जाऊँ। जब कुछ दिनों के लिए आहार जमा हो जाय तो चल दूँगा। और इस प्रकार, घास खा कर बीमार हुए बिना, नदी-तट पर पहुँच जाऊँगा। नदी पार तो मेरा प्रिय देश है ही। यह सोचकर ''मैलश, रहूँगा'', उसने जबाब दिया।

गृहपति ने भेड़खाने के पास एक छोटी कोठरिया अनाथ के रहने के लिए दे दी। अनाथ अब नए मालिक के घर सबेरे से शाम तक चरवाही करता। मालिक उसके खाने को प्रतिदिन एक रोटी और एक टुकड़ा (पनीर) देता। अनाथ पनीर को बिलकुल नहीं खाता और रोटी में से आधा ही खाकर बाकी पनीर और रोटी को माँ के लिए लत्ते में बाँधकर कोठरी में जमा करता जाता।

दसवें दिन अनाथ ने कोठरी में जाकर देखा, तो लत्ता खाली था और दस दिन की जमा की हुई रोटी और पनीर का कहीं पता न था। उसने मालिक से पूछा, तो उसने कहा :

तेरी भाभी तेरी कोठरी में गयी थी। पनीर रोटी को देखकर समझा कि वह खराब हो जायगी, इसलिए उठा ले आयी।

अनाथ ने कुछ नहीं कहा, लेकिन दिल में सोचा कि अब पनीर और रोटी जमा करके ऐसी जगह छिपाऊँ जहाँ से कोई पा न सके। उस दिन मालिक ने पनीर न देकर

सिर्फ आधी रोटी देते हुए कहा, "तू बहुत अच्छा लड़का है। भोजन कम खाता है" और "बारकल्ला" कहकर प्रशंसा भी की।

अनाथ अब दूसरी तरह से सोचने लगा और उसने मौका पाकर मालिक की दो-तीन रोटी चुराकर भागने का निश्चय किया। तो उपयुक्त अवसर की आशा में अनाथ चरवाही करता रहा। बहुत दिन नहीं बीते कि उसे ऐसा अवसर मिल भी गया। अनाथ एक दिन शाम को भेड़ों को घर ले आया। उसने देखा कि मालिक घर पर नहीं है और उसका घोड़ा भी नहीं है। उसने समझा कि वह कहीं दूर गया है। भेड़ों को ढोरखाने में पहुँचा कर वह घर के भीतर गया। चिराग जल रहा था, बच्चे सो रहे थे, लेकिन मालकिन नहीं थी। उसने इधर-उधर नजर दौड़ायी, लेकिन मालकिन का पता नहीं लगा। पड़ोसिन के घर की ओर खुलने वाली खिड़की से बातचीत होती सुनायी दी। अनाथ ने कान लगा कर सुना, तो देखा मालकिन पड़ोसिन के साथ गप लड़ा रही है। "अब मौका मिल गया" सोचकर अनाथ घर के भीतर इधर-उधर ढूँढ़ने लगा। कोठे पर गद्दे के नीचे एक लकड़ी का सन्दूक देखा। सन्दूक रोटियों से भरा हुआ था। वह पाँच दिन की यात्रा के लिए पाँच रोटियाँ लेकर कमरे से बाहर निकला। ओसारे में छींकों पर अधसूखे पनीर के टुकड़े रखे देखे। उनमें से दस टुकड़े लेकर रोटी पर रखे, अपनी कोठरी में जाकर रोटी और पनीर को लत्ते में बाँधा, अपनी पुरानी पोशाक पहनी और चरवाहे की लाठी लेकर रोटी को बगल में दबा कर रास्ता लिया।

अभी वह गाँव से बहुत दूर नहीं गया था कि एक सवार आ गया। सवार ने पूछा—हाँ, बखैर कहाँ जा रहा है?

आवाज से अनाथ ने पहचान लिया वह उसका नया मालिक है। उसने काँपती हुई आवाज में उत्तर दिया—कहीं नहीं, ऐसे टहलने आया था।

—टहलने के लिए? पूरे दिन टहल कर नहीं अघाया—कहते हुए मालिक घोड़े से उतर पड़ा और उसकी बगल से पोटली को छीन कर देखा। "नहीं खाऊँगा, नहीं खाऊँगा, मेरा भोजन टोकरी में रख दो" कह न खाने-न-खाने की बात कर पाँच रोटियों और दस टुकड़ा पनीर एक ही साथ खाना चाहता है, क्यों?

अनाथ कुछ नहीं बोला। मालिक ने पोटली को उसके हाथ में देकर, घोड़े पर सवार होकर, "आगे-आगे चल" कहा। अनाथ मालिक के आगे-आगे गाँव की ओर

चला। दरवाजे के पास जाकर उसने घर के भीतर जाना चाहा, किन्तु मालिक ने कहा–“अब मेरे घर में तेरे लिए जगह नहीं, अपना रास्ता नाप।” अनाथ चलने लगा, लेकिन मालिक भी उसके पीछे-पीछे हो लिया। तीन-चार मील चलने के बाद वह एक मकान के पास पहुँचे। वहाँ दरवाजे पर बन्दूक लिए एक सिपाही पहरा दे रहा था। “ठहर” कहकर मालिक ने आवाज दी। अनाथ ठहर गया। मालिक ने उतरकर घोड़ा पास के पेड़ से बाँध दिया और अनाथ को आगे करके हवेली में ले गया। घर में चिराग जल रहा था जिसके पास कुछ आदमी बैठकर चाय पी रहे थे। उनमें से एक ने पूछा–क्या बात है?

–यह लड़का मेरे घर से इन चीजों को चुराकर भागा है, इसे पकड़ कर लाया हूँ और सजा देने के लिए विनती करता हूँ–मालिक ने कहा और अनाथ के हाथ की पोटली को लेकर उन्हें सौंप दिया।

–कोतवाल (मीरशव) अभी सोए हुए हैं। तुम अपना काम करो। कल सबेरे वे आकर बैठेंगे, तो उनसे कहकर सजा दिलवा देंगे उनमें से एक ने कहा।

मालिक चला गया। कोतवाल के आदमियों ने अनाथ को भुँइधरे के भीतर करके बाहर से दरवाजा बन्द कर दिया और फिर चिराग के पास बैठकर अनाथ की रोटी-पनीर खाकर चाय पीने लगे।

X   X   X

भुँइघरा एक बहुत ही छोटा और अँधेरा घर था। वहाँ अनाथ के अतिरिक्त पाँच-छह दूसरे आदमी भी लेटे हुए थे। एक-दो के सिर-पैर पर गिरते-पड़ते उनकी गाली सुनते अनाथ एक खाली जगह पाकर लेट गया। वह रात भर जागता हुआ सबेरे के वक्त सो सका। आँख खुलने पर देखा कि धूप फैली हुई है और कोई “चोर लड़का” कहकर चिल्ला रहा है। अनाथ उसके पास गया और वह उसे एक चबूतरे के पास ले गया जिस पर कुछ आदमी बैठे हुए थे। उनमें से एक आदमी ने अनाथ को पकड़ कर नंगाकर जमीन पर लेटाकर दाबे रखा और दूसरा आदमी एक कमची लेकर उसकी नंगी पीठ पर जमाने लगा। अनाथ चिल्लाने लगा, लेकिन वहाँ बैठे आदमी हँसने लगे और उनमें से एक ने कहा-कमची सहने की शक्ति नहीं थी, तो चोरी क्यों की?

कमची मारने के बाद फिर उसे भुँइधरे में बन्द कर दिया और बाहर से ताला मार दिया। बिना पूछे मारने का कारण क्या था, इसे उसने अपने पहले से आए बंदियों से पूछा। उन्होंने बतलाया कि स्थानीय सरकार के कानून के अनुसार चोर और अपराधी को कुछ समय प्रतिदिन बिना पूछे एक बार मारते हैं। उसके बाद यदि उचित समझते हैं तो पूछते हैं। यदि हाकिम के विचारानुसार वह अपराधी साबित होता है तो बिना पूछे भी उसे दंड देने का फैसला करते हैं। इसी (अफगानी) कानून के अनुसार वह अनाथ को लगातार तीन दिन तक मारते रहे। चौथे दिन उसे ले आकर कुरसी पर बैठे एक दाढ़ी मुड़े मुकुंदर के सामने खड़ा किया।

—तुझ पर सौ रुपया जुर्माना होता है। यदि तू रकम लाकर दे दे तो इसी वक्त छूट सकता है। यदि तेरे पास पैसा नहीं है, तो माँ-बाप या भाई-बंधु का पता दे। हम अपना आदमी भेजकर पैसा ले लेंगे और तुझे छोड़ देंगे।

—मेरे पास न पैसा है, न मेरा कोई सगा सम्बन्धी है—अनाथ ने कहा—सिर्फ एक माँ है। वह भी कहाँ है, मैं नहीं जानता और उसी की खोज में घूमते-घूमते इस बलाय में फँसा।

—ऐसा ही सही, रोज एक बार कमची खाकर लेटा रह—दाढ़ी कटे आदमी ने कहा—इस बीच तू या तो मर ही जायगा या पैसा लाकर देगा।

—जो कुछ है, वह मेरी तकदीर से है—कह कर अनाथ रोने लगा।

लेकिन उसके आँसुओं को देखकर किसी को दया नहीं आयी। एक बार उसे फिर पीटा। अब अनाथ के अश्रु सूख गए और उसकी जगह उसके दिल में क्रोध की आग भड़क उठी। पीड़ा के बहुत होने पर भी वह दाँतों को दाँतों पर दबाकर चिल्लाया नहीं। पीटना खत्म करके उन्होंने "उठ" कहा। लेकिन अनाथ ने अपनी जगह से उठने का उपहास करते हुए कहा—क्या मारने से अघा गए।

इसके जवाब में एक आदमी ने अनाथ की गर्दन पर ऐसा कड़ा मुक्का मारा कि वह मुँह के बल जा गिरा, किन्तु तुरन्त उठ कर मारने वाले की तरफ कड़ी निगाह से देखने लगा। उस आदमी ने एक थप्पड़ और उसके मुँह पर मार कर कहा—जा हवालात में। अनाथ ने अपने साथी बंदियों से सौ रुपये जुर्माने की कहानी कही।

—तुझे हल्की सजा दी है। हममें से हर एक पर हजार-हजार जुर्माना किया है—उनमें से एक ने कहा।

तुम्हारे पास पैसा है, लाकर दे सकते हो, लेकिन मैं कहाँ से पैसा लाकर दूँ?—अनाथ ने कहा।

—हममें से भी किसी के पास पैसा नहीं है—उनमें से एक ने कहा।

—ऐसा ही सही। चलो यहीं लेटें।

—या तो हम लेटेंगे या हमें खलास कर दिया जायगा—उस बंदी ने कहा।

X   X   X

हवालात में अनाथ का छठा दिन था। आधी रात को हल्ला-गुल्ला सुनकर उसकी नींद खुल गयी। आँख मल कर देखने लगा। बन्दूक छूटने की आवाज सुनायी दी। कुछ मिनट बीतते-बीतते हल्ला-गुल्ला बन्दीखाने के दरवाजे पर पहुँचा। कुछ लोगों ने आकर भुँइधरे के किवाड़ को मार कर तोड़ दिया और बंदियों को निकाल बाहर किया। उनके पीछे-पीछे अनाथ भी बाहर निकल आया। कोतवाली के बाहर बहुत-से आदमी मशाल लिये खड़े थे। मशाल के प्रकाश में वहाँ तीन मुर्दे लेटे दिखायी पड़े। हल्ला करनेवालों ने दो मुर्दों को उठा लिया। तीसरा शायद कोतवाल का आदमी था, इसलिए उसे उसी तरह छोड़ दिया। हल्ला-गुल्ला करनेवाले कोतवाली से बाहर निकले। अनाथ भी उनके पीछे-पीछे बाहर हो गया। फाटक के पास एक और मुर्दा खून में नहाया जमीन पर लेटा था। यह द्वारपाल था। हल्ला करने वाले मशाल बारे एक ओर चले गए और अनाथ उन्हें छोड़ दूसरी ओर चल पड़ा।

X   X   X

सूर्योदय हो रहा था, अनाथ एक पहाड़ के किनारे पहुँचा। वह थका भी था और भूखा भी। धरती पर पड़ कर उसने कुछ देर सोना चाहा, लेकिन भूख के मारे नींद कहाँ? धूप निकल आने के बाद वह आहार की खोज करने लगा, लेकिन अपने-आप उसी घासों के मूल के सिवा और कुछ न मिला। उसे खाने की हिम्मत न हुई। दो साल पहले ऐसी ही जड़ों को खाकर वह मरने लगा था। नयी निकली पत्तियों को खाकर देखा, लेकिन उन्हें भी निगलने से डरकर थूक दिया, लेकिन कुछ खाना जरूर था। बहुत थका-माँदा था, तो भी आहार की आशा में वह आगे चला। आगे एक मैदान मिला जिसके किनारे बालू ही बालू था। वह सुस्ताने के लिए गरम बालू पर लेट गया। वहाँ उसने बालू से मढ़ी, उभड़ी हुई कुछ चीजें देखीं। अनाथ ने हाथ बढ़ाकर उनमें से एक को जमीन से

निकालकर देखा। देखते ही उसकी आँखे दीपक की भाँति चमक उठीं और मुँह में पानी भर आया। इस चीज को उसने पहिचान लिया–यह था स्वादिष्ट खुम् (छत्रक)।

अपने देश में चरवाही करते हुए बसन्त के समय खुम् को जमीन से चुनकर, आग में भूनकर नमक के साथ उसने खाया था और उसके स्वाद को भी वह समझता था। यहाँ इस बियावान में नमक कहाँ था। आग और दियासलाई भी नहीं थी जो उसे भूनता। अनाथ ने सोचा "कोई हर्ज नहीं, चीज नर्म है, कच्ची कच्ची ही खाकर देखता हूँ।" उसने दो को खाया, कुछ पेट भरा और नींद भी आयी।

जागने पर देखा कि दिन बीत चुका है। पेट में भी दर्द नहीं है। हाँ, भूख लगी थी। वह नाले के किनारे ताजा पानी की तलाश में ऊपर की ओर चला। पानी पीकर फिर वह लौटकर उसी जगह आया और खुम् को अपने पुराने कपड़े की जेबों और दूसरी जगह रख कर फिर वहाँ से चल दिया।

अनाथ चार दिन तक चलता गया। किसी के हाथ में पड़कर फिर बंदीखाने में न चला जाय, इसलिए वह रात में चलता और दिन को गुफाओं, खड्ढों या पहाड़ के सानुओं पर सो जाता। खुम् उसके लिए राह का संबल था।

पाँचवें दिन सूर्योदय के समय वह एक भीटे की-सी जगह पर पहुँचा और सोने के लिए किसी गड्ढे को ढूँढ़ने लगा। इसी समय आँखों के सामने एक नदी दिखायी पड़ी। यह नदी आमू (वक्षु) नदी थी जिसकी खोज में अनाथ निकला था। वह सुन चुका था कि आसपास आमू नदी-जैसी बड़ी दूसरी नदी नहीं है, लेकिन नदी का वह स्थान नहीं था जहाँ से दो साल पहले वह पार हुआ था। उस जगह से यह जगह या तो कुछ ऊपर थी या नीचे। जो भी हो, यह निश्चित था कि यह नदी थी जिसके पार उसका प्रिय देश अवस्थित था।

अनाथ नदी-तट से अपनी मातृभूमि के दिखायी देते हुए भूखंड को देखकर खुशी से आपे से बाहर होकर ऊँची आवाज से बोला–ऐ मेरे प्यारे वतन मेरी सच्ची

माँ! जल्दी मुझे अपने कृपामय अंक में खींच शारीरिक माँ ने भले ही मुझे जन्म दिया हो, किन्तु तूने मुझे पाला-पोसा है। बालशेविकों के नेतृत्व में आकर तू और भी अधिक कृपामयी, और भी अधिक स्नेहमयी, और भी अधिक सौन्दर्यमयी हो गयी है। शारीरिक माँ मुझे जन्म देकर आफतों में फँसाने का कारण बनी। तू मुझे, अपने बच्चे को आफतों से मुक्त कर शिक्षा देकर आदमी बनाएगी। जब तक मेरे शरीर में प्राण रहेगा, मैं तेरी सेवा से मुँह न मोड़ूँगा और यदि आवश्यकता हुई तो तेरे लिए अपने सिर, अपने तन, अपने रक्त, अपने प्राण को न्यौछावर करूँगा। अफसोस कि मुझे तैरना नहीं आता, नहीं तो इस तरंगित महानदी को पार कर तेरी पवित्र धूलि को चूमता। अफसोस मेरे पास पक्षियों जैसे पक्ष नहीं है, नहीं तो इस गंभीर नदी के ऊपर से उड़कर तेरे पास पहुँच कर प्रातः समीर में पेट भर साँस लेता।

इस तरह कुछ देर तक बात करते हुए अपने भीतरी भावों को बाहर प्रगट करके नदी-पार होने की चिन्ता में अनाथ चारों ओर नजर डालने लगा, लेकिन नदी-तट पर न एक नाव, न एक गुप्सर (प्मशक), न कहीं एक आदमी दिखायी पड़ा। हाँ, तट से थोड़ी दूर पर शर-वन के पीछे एक काला मकान जरूर दीखा।

अनाथ अधित्यका से उतरकर उस मकान की तरफ बढ़ा। मकान के पास जाकर दरवाजे से झाँक कर देखा। वहाँ एक मध्यवयस्क तुर्कमान चूल्हे पर चायदान रखकर ईंधन जला रहा था। अनाथ ने तुर्कमान को सलाम किया।

–अलैकुम् सलाम, आ पुत्र! – तुर्कमान ने कहा।

अनाथ घर के भीतर गया। गृहपति ने हाथ फैलाकर स्वागत करके उसे बैठने के लिए जगह बतलायी। तुर्कमान ने तुर्कमानी ढंग से "पूछो, पूछुँ" कहकर पहले कुशल-मंगल पूछा, फिर उसके आने के उद्देश्य के बारे में पूछा। अनाथ ने बतलाया कि में उस नदी के पार का रहने वाला हूँ। माँ से मिलने के लिए इस तरफ आया और अब फिर उधर जाना चाहता हूँ।

–इसके लिए कुछ देर ठहरना पड़ेगा तुर्कमान ने कहा–मेरा पेशा यद्यपि यहाँ खेती है, लेकिन कभी-कभी मिलने पर लोगों को नदी पार भी कराया करता हूँ। जो आदमी यहाँ से पार होते हैं, वह या तो भगोड़े होते हैं या कानून-विरोधी माल ले आने-ले जानेवाले। भगोड़ों या भगोड़ों के माल को नदी-पार कराना अपने प्राण को नदी पार कराना है इसलिए मैं इस काम को तब करता हूँ जबकि मेरे खून के बराबर पैसा पैदा हो।

तुर्कमान ने बात रोक कर, ईंधन को फूँक कर आग को तेज करते हुए कहा–अच्छा, तो तू तब तक मेरे पास काम कर, खेती के काम में मदद दे, जब तक कि कोई खूब पैसे वाला आदमी न आ जाए।

अनाथ ने तुर्कमान की बात मान ली और यह सोच कर दिल में खुश हुआ कि देर भले ही हो, लेकिन यहाँ मेरा मनोरथ सफल होगा। तुर्कमान की चायदानी का पानी उबलने लगा। उसमें से दो चायनिक चाय बना एक चायनिक प्याले के साथ अनाथ के सामने रखी और दूसरी एक प्याले के साथ अपने सामने। झोपड़े की दीवारों में से एक लत्ते में बँधी पोटली निकाल कर खोली और उसमें से दो लिट्टियाँ निकालकर टुकड़े-टुकड़े करके दोनों चाय पीने लगे। चाय पीने के बाद तुर्कमान ने कहा-आ पुत्र! तुझे खेत ले चलूँ और अपनी फसल दिखलाऊँ।

तुर्कमान आगे-आगे चला और अनाथ उसके पीछे-पीछे। दोनों काले घर से निकल कर खेतों की ओर बढ़े। घर के पास एक शर-वन था जिसका एक छोर मकान की दीवार से मिला हुआ था। इसी शर-वन के बीच में हौज की तरह का एक जलाशय था जो एक छोटी नहर द्वारा नदी से मिला हुआ था। काले घर के नजदीक वाले कोने में एक छोटी-सी डोंगी खूँटे से बँधी थी। तुर्कमान ने नाव को दिखला कर अनाथ से कहा–तुझे नदी पार कराने में यही नाव काम आएगी।

अनाथ ने नाव को देखा। तुर्कमान की आशा-भरी बात सुनी। मनोरथ सफल होने का विश्वास बढ़ा। वह और भी खुश होकर तुर्कमान के पीछे लम्बे-लम्बे डग रखने लगा।

दोनों खेत पर पहुँचे। तुर्कमान की खेती छोटे–छोटे कोलों की थी। एक कोने में खरबूजा और तरबूजा लगा था जिसकी राशों पर लोविया और मसूर बैठायी गयी थी। दूसरे कोने में उड़द, सरसों, ज्वार-बाजरा-जैसी दाने तथा तेल वाली फसल थी। बोये बूटों के बीच घास भरी हुई थी। तुर्कमान ने खेती की ओर इशारा करके अनाथ से कहा–

तेरा काम है, इस घास और तिनके को हाथ से उखाड़ कर बाहर करना और बैल को सँभाल कर खरबूजे और तरबूज की जमीन को नर्म करना। पानी देते वक़्त ख़याल रखना कि ज्वार के पौधे पानी में डूब न जायें।

तुर्कमान ने एक मिनट में तीस-चालीस दिन के काम की योजना बताकर जाते-जाते फिर कहा–तू यह काम करता रह। इसी बीच कोई पैसे वाला भगोड़ा भी आ जायेगा। फिर में तुझे बिन पैसे लिए खुदा के नाम पर नदी-पार करा दूँगा।

"बहुत अच्छा" कहते हुए अनाथ तुरन्त ही घास उखाड़ने के काम में लग गया, लेकिन तुर्कमान "आज दम ले ले, कल से काम शुरू करना।" कहावत है, "थके-माँदे का काम आधा ही होता है", कहकर अनाथ को लिए घर की ओर लौटा।

घर पहुँचकर तुर्कमान ने अनाथ से कहा मैं इस समय ऊबा (गाँव) जा रहा हूँ तू यहाँ लेट कर आराम कर, लेकिन सूर्य डूबने के बाद होशियार रहने की आवश्यकता है जिसमें चोर नाव न खोल ले जाँय।

अनाथ ने सिर हिलाकर बात स्वीकार की। तुर्कमान ने खूँटी पर टंगे अपने जाम को उतारकर पहिनते हुए कहा, "तू सूर्योदय तक ऐसे ही रह। में सबेरे ऊबा से रोटी लाकर चाय बनाकर तुझे खिलाऊँगा और में भी चाय-रोटी खाऊँगा। फिर उसने खूँटी से बंदूक को उठा ली और उसी खूँटी से लटकती गुप्सर (तैरने की मशक) की और इशारा करके कहता चला गया–"होशियार रहना, कहीं कुत्ता आकर इसे खा न जाय।"

अनाथ कुछ देर लम्बा पड़ा रहा। जब तुर्कमान नजर से दूर हो गया तो अपनी जगह से उठा और गुप्सर को खूँटी से उतार कर कूल (तालाब) के किनारे ले गया। पानी में भिगोया। जब गुप्सर का चमड़ा नर्म हो गया तो मुँह से फूँक कर हवा भरकर उसके मुँह को खूब मजबूती से बाँधकर पानी के ऊपर डाला और स्वयं भी कपड़ा उतारकर उस पर सवार हुआ, लेकिन अनजान सवार की तरह हर हरकत में वह गुप्सर की ओर लुढ़क कर पानी में डुबकी खाता, लेकिन वह फिर उस पर सवार होकर चलने की कोशिश करता रहा। एक घंटा कूल के किनारे अभ्यास करने के बाद उसने बैठना सीख लिया और फिर उसे कूल के भीतर की ओर बढ़ाया। उसने देखा कि गुप्सर पर सवार होकर एक जगह खड़े रहने से उसे आगे बढ़ाना कहीं आसान है। इस तरह उसको साहस हुआ और उसने उसे और भी तेजी से चलाना शुरू किया। वह गुप्सर को जितनी ही तेजी से चलाता, उतना ही उसके ऊपर शरीर को सँभालना आसान लगता। इसी तरह अनाथ गुप्सर पर चढ़ा नहरिया से होते नदी के किनारे तक गया और फिर वहाँ से लौट आया।

उसने पानी से निकलकर गुपसर को बाहर किया और मुँह खोलकर उसकी हवा निकाल उसे ले जाकर फिर खूँटी पर टांग दिया। फिर कूल के किनारे आ उसने नाव चलाने का अभ्यास करना चाहा। नाव पर चढ़कर पतवार चलाने की अपेक्षा गुपसर पर चढ़कर हाथ से चलाना उसे आसान मालूम हुआ। उसके छोटे हाथ नाव चलाने के अभ्यस्त नहीं थे, इसलिए जरा ही देर चलाने के बाद वे सुस्त पड़ जाते, लेकिन थोड़ी देर आराम करने के बाद वह पहले से अधिक समय तक पतवार चला सकता।

अनाथ इसी तरह दिन में शाम तक दस बार नदी के किनारे आया-गया।

सूर्य अस्त हो गया। अनाथ बहुत थक गया था, लेकिन आज के अभ्यास ने उसे अधिक आशावान् बना दिया था। इसलिए वह बहुत खुश था और अपने मन में कह रहा था, "यदि कोई खूब पैसे वाला जल्दी नहीं आया और तुर्कमान ने मुझे पार नहीं किया, तो नदी पार करने का उपाय मुझे मिल गया।"

अनाथ लम्बा पड़ा लेट रहा था, उसे खूब नींद आयी थी। आधी रात को घोड़ों के खुरो की खटखटाहट से उसकी नींद खुल गयी। उसने सोचा कि नाव चुराने वाले आ गये और जल्दी-जल्दी घर से बाहर गया। अब वह नाव की रखवाली सिर्फ तुर्कमान के लिए नहीं, बल्कि अपने लाभ के लिए कर रहा था, क्योंकि उसी की सहायता से वह नदी पार हो सकता था। उसने उस तरफ देखा जिधर से खुर की आवाज आ रही थी और देखा की दो टट्टू आ रहे हैं, लेकिन नजदीक आने के बाद वह नाव की ओर जाकर सीधे घर की ओर आये। दोनों सवार बंदूक और तलवार से हथियारबंद थे। पास आने पर उनमें से एक ने घोड़े को रोक कर अनाथ से कहा–कियिक्चों (मल्लाह) को आवाज दे।

मल्लाह यहाँ नहीं है–अनाथ ने कहा।

– कहाँ गया है?

–ऊबा गया है।

–रोटी-ओटी हो तो लाकर हमें दे।

–जो भी रोटी थी, सब खाकर गया है। मैं भी भूखा लेटा हूँ।

"जनगावा" कहकर रोटी न रखने के लिए मल्लाह को गाली देकर सवार अपने साथी के साथ नदी के नीचे की ओर रवाना हो गया।

अनाथ अपने दिल में ‘‘मैं समझता था कि ये चोर हैं। ये भिखारी नहीं हो सकते, क्योंकि मैंने पूरी उम्र में हथियारबंद भिखारी नहीं देखा’’, सोचते हुए घर के भीतर जाकर फिर लम्बा पड़ रहा। उस रात इन दो सवारों के आने को छोड़कर कोई दूसरी दुर्घटना नहीं हुई। खूब पेट भर सोने के बाद जब वह उठा, तो धूप निकल आयी थी। आज भी वह खेती का काम शुरू करने से पहले कितने ही समय तक गुप्सर और नाव चलाने का अभ्यास करता रहा। दो घंटा अभ्यास करने के बाद तुर्कमान के आने के डर से वह खेत में गया और हाथ से घास उखाड़ने लगा।

X   X   X

मध्याह्न हो गया। सूर्य अनाथ के सिर के ऊपर आ गया। इसी समय तुर्कमान अपने ऊबा से लौटकर आया। पहले उसने काले घर में जाकर चूल्हा जला चाय उबाली, फिर खेत के पास जा अनाथ के काम को देख कर ‘‘आज का तेरा काम उतना अच्छा नहीं हुआ, क्यों?’’ कहते हुए उसे फटकारा और फिर आवाज बदलते हुए बोला–‘‘खैर कोई हर्ज नहीं, अभी यह काम तेरे लिए नया है। धीरे-धीरे सीख जायेगा। तेरा काम भी अच्छा होगा।’’ फिर उसने कहा:

–अच्छा आ, चाय पीएँगे।

चाय पीते समय अनाथ ने रात को आए दोनों हथियारबंद भिखारी सवारों के बारे में बतलाया। तुर्कमान ने ठठाकर हँसने के बाद कहा:

–वे भिखारी नहीं थे। वे नदी-तट के पहरेदार, हमारी सरकार के सिपाही थे, लेकिन वे सदा भूखे रहते हैं और भीख माँगकर अपना पेट भरते फिरते हैं। इसीलिए एक रोटी के लिए अपने हाथ लगने वाले हर भगोड़े का सिर उड़ा देते हैं।

तुर्कमान चुप होकर अपने प्याले की चाय पीकर, दूसरा प्याला भरने के बाद सामने रखकर बोला–यदि उन्हें मौका मिले, तो चोरी डकैती किए बिना न रहें, लेकिन वे यह काम ऐसे गरीबों के सिर पर करते हैं जो उनके सामने कुछ कर नहीं सकते। वे मेरे जैसे एक गोली का जवाब दो गोली से देने वाले आदमी की तरफ आँख भी नहीं उठा सकते।

चाय पीकर तुर्कमान फिर अपने ऊबा की ओर जाते हुए बोला :

–मेरे न रहने पर यदि कोई आकर पूछे, तो उसे ऊबा भेज देना, लेकिन यदि ऐसा आदमी रात को बेवक्त आए तो कहना कि इसी समय आना, कल सबेरे वह आयेगा।

उठते वक्त तुर्कमान ने खाने से बची हुई एक रोटी को अनाथ के हाथों में देते हुए कहा–जब भूख लगे, तो इसे खा लेना। खबरदार रहना, जिसमें हथियारबंद कुत्ते तेरे हाथ से छीनकर इसे खा न जायें और काम खूब मन लगा कर करना।

तुर्कमान चला गया। चाय पी लेने के बाद भी अनाथ ने बहुत-सा समय गुप्सर और नाव चलाने में बिताया और फिर खेत की ओर गया।

अनाथ सब चीजों से ज्यादा इस ओर ध्यान देने लगा कि तुर्कमान गाँव से कब आता है। वह प्रतिदिन 11–12 बजे के बीच गाँव से आता, चाय पकाता, अनाथ के काम को देखता, फिर दोनों साथ चाय पीते और फिर उसके हाथों में रात के लिए रोटी देकर और अधिक काम करने की ताकीद कर वह अपने गाँव लौट जाता। आने-जाने का समय निश्चित हो जाने पर अनाथ ने अपने काम का समय भी निश्चित कर लिया। वह प्रतिदिन शाम-सबेरे कुछ घंटे गुप्सर और नाव चलाने में लगाता और बीच के चार-पाँच घंटे खेती के काम में।

धीरे-धीरे वह नाव और गुप्सर को नदी की धारा में भी खेने लगा। इसके अतिरिक्त वह बिना नाव तथा गुप्सर के पानी में तैरने और डूब कर दम साधने का भी अभ्यास करने लगा। खेती का काम भी काफी आगे बढ़ा। उसने घास को निकाल कर गोड़कर खेत को गुलजार कर दिया।

तुर्कमान भी अनाथ के काम से बहुत खुश था। कभी उसे "शाबाश" और "बारकल्ला" कहता और कभी उसे "और अच्छा काम कर, तुझे बलवान करेंगे, जल्दी ही कोई पैसे वाला भगोड़ा आ जाएगा और मैं तुझे बिना पैसे ही नदी पार उतार दूँगा"– कहते हुए उसे अधिक आशावान बनाकर काम में और अधिक तत्पर बनाने की कोशिश करता।

तुर्कमान ने अनाथ के डीलडौल के अनुसार एक लोहे का बेलचा लाकर दिया और हाथ के काम के खतम होने के बाद जमीन को नर्म करने और मिट्टी चढ़ाने के काम के लिए उसे नियुक्त किया।

40 दिन तक काम करके अनाथ ने गुप्सर और नाव चलाने का खूब अभ्यास कर लिया। वह नाव और गुप्सर को धारा के विरुद्ध भी ले जा सकता था।

खेती का काम भी खतम हो गया था। तुर्कमान एक परती जमीन को दिखला कर, उसे खोद कर घास आदि निकाल कर शरद में युनुचका (घास) बोने के लिए तैयार

करने को कहा और साथ में यह भी जोड़ दिया, "तब तक कोई न कोई पैसे वाला भगोड़ा आ ही जाएगा।"

X   X   X

अनाथ ने नए काम को शुरु किया, लेकिन पैसे वाले भगोड़े का कहीं पता नहीं था। वह सोचने लगा, गर्मियों के खतम होने तक खेती की फसल कट जाने तक भी वैसा पैसा वाला भगोड़ा शायद ही आए।

एक रात इसी तरह की चिन्ता करते-करते अनाथ को नींद नहीं आयी। आधी रात के करीब शर-वन की ओर से आने की आवाज सुनायी दी। वह जल्दी से उठकर दौड़ा-दौड़ा नाव के पास गया और देखा कि दो आदमी नाव खोल रहे हैं। वह चिल्लाया–कौन हो?

–न डर, मैं हूँ–एक परिचित आवाज सुनायी दी। यह आवाज तुर्कमान की थी। अनाथ प्रसन्न होकर उसकी तरफ दौड़ते हुए बोला–हाँ, तो पैसे वाला भगोड़ा मिल गया? मैं भी तैयार हो जाऊँ न?

–न, यह आदमी नदी पार नहीं जा रहा है, बल्कि नदी के एक टापू में खरबूजे के काम के लिए जा रहा है–तुर्कमान ने कहा।

तुर्कमान झूठ बोल रहा है, इसे अनाथ ने भी समझ लिया, क्योंकि खरबूजे के काम के लिए रात में नहीं जाया करते। वह सोचने लगा, "कौन जानता है, इन चालीस दिनों में जबकि मैं दरिया पार करने की आशा में यहाँ काम करता रहा हूँ–रात के वक्त इस धोखेबाज ने कितने पैसे वालों को नदी पार कराया होगा और अब भी मुझे आशा दिलाये रखना चाहता है।" इसके बाद अनाथ को तुर्कमान पर विश्वास नहीं रह गया और उसने स्वयं नदी पार करने की कोशिश करने का निश्चय कर लिया।

14

अनाथ एक दिन कोई काम न करके पड़ रहा। तुर्कमान के आने के समय बीमार बन गया और "ऊ–ऊ" करके लेटा रहा। तुर्कमान ने चाय उबाली, खुद पी और अनाथ को

पिलायी। अनाथ ने चाय के साथ आज रोटी नहीं खायी। तुर्कमान ने रोटी खाने के लिए बहुत जोर दिया, लेकिन अनाथ ने कहा मेरा मन नहीं करता, शिर में बहुत दर्द हो रहा है।

तुर्कमान आज अधिक देर तक नदी-नट पर नहीं रहा और अनाथ के दिन और रात के खाने के लिए दो रोटी रख कर ऊबा लौट गया।

तुर्कमान के चले जाने के बाद अनाथ ने तैयारी शुरु की। गुप्सर को लेकर उसे चारों ओर से देखा, उसकी एक-एक बखिया और दराज की जगह को खूब अच्छी तरह निहारा कि वह दराज की जगह खूब पानी और हवा की चोट को पूरी तरह सह सकती है या नहीं। देखकर उसे पूरा संतोष हुआ। फिर वह नाव के पास गया और उसे भी चारों ओर से देखा और दर्जे और छेद में अपने पुराने कुर्ते में से लत्ता फाड़कर अच्छी तरह भर दिया। फिर घर में से लौटकर एक रोटी गर्म चाय में भिगोकर खायी और सोने के लिए लम्बा पड़ा रहा, लेकिन नींद न आयी। उसका सारा ध्यान आमू नदी पार करने की ओर लगा था—आमू जैसी महानदी को वह तने-तनहा अपने जीवन में पहली बार पार करने जा रहा था। इसी सोच-विचार में एक घड़ी में सौ बार करवटें बदलते हुए उसने दिन बिताया।

शाम हुई। अनाथ गुप्सर और रोटी को लेकर नाव में पहुँचा और रस्सी खोल कर नाव को नहर से नदी की ओर ले चला। नदी के तट पर पहुँच लंगर डाल, वह रात के अँधेरे की प्रतीक्षा करने लगा।

इसी समय दो सरकारी पहरेदार नदी में किनारे-किनारे अनाथ की ओर निगाह किए आते दिखाई पड़े। अनाथ की दृष्टि जिस वक्त उन पर पड़ी, वह डर गया और मन में सोचने लगा, "मनोरथ पूरा होने का समय आ गया है और उसी समय मैं पकड़ा जा रहा हूँ।"

सिपाही सीधे कूल के किनारे आए और उनमें से एक "हाँ—भगोड़े! थक न जाना" कहते हुए घोड़े से उतर कर नाव पर आया, लेकिन वहाँ गुप्सर और अनाथ की फटी पोशाक और एक रोटी के सिवा और कुछ नहीं था। रोटी को अपने हाथ में लेकर सिपाही ने अनाथ से वहाँ आने का कारण पूछा। अनाथ ने अपने को मल्लाह तुर्कमान का नौकर बतलाते हुए कहा—वहाँ नाव चलाने का अभ्यास कर रहा था। आप लोगों को देखकर खड़ा हो गया।

वह सवार अनाथ को बंदी बना कर नाव से ले जाना चाहता था, लेकिन उसके साथी ने उससे कहा–छोड़ दे! यह लड़का भाग कर क्या कर सकता है? रोटी ले, और चल रास्ता पकड़। सवार रोटी लेकर, अनाथ को वहीं छोड़ कर नाव से निकल कर घोड़े पर सवार हो गया। दोनों सवार रोटी के दो टुकड़े कर खाते चल दिए और कूल तथा शर-वन का चक्कर काटते हुए फिर नदी के किनारे जाकर आँख से ओझल हो गए।

अनाथ ने सिपाहियों के सामने अपनी नाव को काले घर की तरफ बढ़ाया। उनके चले जाने पर फिर नदी के किनारे जा वहाँ ठहर गया।

कुछ समय बाद अँधेरा छा गया। आकाश के तारों के अतिरिक्त कहीं प्रकाश नाम की चीज दिखलायी नहीं पड़ती थी। पीली मिट्टी मिले आमू के जल में तारों का प्रतिबिम्ब भी दिखलायी नहीं पड़ता था। यह अनाथ के लिए अपने महान कार्य करने का समय था। उसने नाव को नदी के भीतर की ओर चलाया और डर के मारे हर बार पतवार चलाने के बाद एक बार नदी तट की ओर देखता। उसने दूर किनारे पर कालिमाओं को आते देखा। पहले उसने यह सोचा कि कुछ नहीं है, रात के वक्त यहाँ आदमी क्या करेगा, लेकिन देर नहीं हुई कि उसे मालूम हो गया कि वह कालिमा दो आदमी हैं। दोनों दौड़े–दौड़े नदी के किनारे की ओर आ रहे थे, उनमें से एक आगे था। उसने ऊँची आवाज से कहा– "ठहर चोर! इधर लौट! नहीं तो गोली मार दूँगा।"

अनाथ ने आवाज को पहचान लिया। यह आवाज उसके अंतिम मालिक तुर्कमान मल्लाह की थी। रात के वक्त आने से अनाथ समझ गया कि कोई पैसे वाला भगोड़ा, तुर्कमान के कथनानुसार "खरबूजे वाला" हाथ आया है और पीछे-पीछे धीरे-धीरे आने वाला आदमी शायद वही भगोड़ा है। अनाथ ने अपने दिल में यह भी सोचा कि यदि मैं फिर उसके हाथ पड़ा तो वह एक गोली से मेरा काम तमाम कर देगा। अच्छा यही है कि जो भी शक्ति और समय मेरे पास है, उसका उपयोग कर यहाँ से भाग चलूँ।

अनाथ इसी निश्चय के अनुसार नाव को दोहरी ताकत से चलाते हुए मँझधार की ओर खेने लगा। तुर्कमान ने बन्दूक का निशाना साध गोली चलायी। गोली की आवाज सुनकर नदी के दूसरे तट अर्थात् अनाथ के प्रिय देश की ओर से भी गोलियों पर गोलियों छूटने लगीं। तुर्कमान की गोली नाव के पास न आकर न जाने किधर चली

गयी, लेकिन दूसरी ओर से आने वाली गोलियाँ नाव के ऊपर से सनसनाती हुई जाने लगीं। अनाथ डर गया। उसने सोचा कि पहली गोलियाँ शिर के अधिक ऊपर से भले ही चली गयी हों, लेकिन दूसरी गोलियाँ जरूर मेरे शिर पर आकर लगेंगी। खतरे को समझकर अनाथ ने अपने को नाव के भीतर छिपा लिया और गुप्सर में फूँककर हवा भरने लगा।

दूसरी तरफ से आती गोलियाँ नाव के भीतरी और बाहरी कोरों पर लगने लगी। अनाथ बहुत घबड़ाहट में पड़ा था। एक ओर गोली लगने का डर था और दूसरी ओर छेद के मारे नाव के डूबने की भी आशंका थी। अनाथ ने इस खतरे से बचने के लिए भरी हुई गुप्सर की रस्सी को अपने हाथ में फँसाकर खिसककर अपने को पानी में डाल दिया।

X   X   X

अनाथ नदी में गुप्सर के ऊपर सवार नहीं हुआ। हाथ में बँधी गुप्सर को पानी की धार ने बहाना शुरू किया। वह अधिक समय पानी के भीतर रहता। जब साँस फूलने लगती, तो बाहर मुँह करके एक साँस लेकर फिर पानी में डूब जाता।

दूसरे किनारे से अब भी गोलियों की आवाज आ रही थी। प्रायः सभी गोलियाँ नाव में लग रही थी। धीरे-धीरे सारी नाव पानी से भर कर डूब गयी। उसके बाद बन्दूकों की आवाज भी शांत हो गयी।

अनाथ प्रायः दो घंटा गुप्सर पर बिना सवार हुए ही कभी डूबता, कभी उतराता घाट के साथ-साथ चलता रहा। जब बंदूक की आवाज बिलकुल बंद हो गयी ती अनाथ गुप्सर पर सवार हुआ और पानी के सहारे किनारे की ओर चलने लगा।

एक घण्टा और चलने के बाद अनाथ एक छोटे टापू के पास पहुँचा। वह बहुत थक गया था, इसलिए उसने सुस्ताने के लिए गुप्सर को उठा कर टापू पर उतरना चाहा, लेकिन टापू अभी नया-नया बना था। अभी मिट्टी बालू कड़ी नहीं हो पायी थी, इसलिए पैर रखते ही वह उसमें धँसने लगा। उसने जल्दी-जल्दी पैर निकाल कर टापू के मध्य में पहुँचना चाहा। यहाँ मिट्टी कुछ सूखी थी। वह वहाँ हवा भरी गुप्सर को शिर के नीचे रख कर लेट गया। वह भूखा भी था, थका भी था, ऊपर से सर्दी भी खा गया था इसलिए जूड़ी वाले आदमी की तरह काँप रहा था और उसके दाँत

कटकटा रहे थे। वह कुछ मिनट लेटा रहा, लेकिन आराम होने की जगह हालत और बुरी होती जा रही थी। उसने शिर उठा कर दूसरे तट की ओर, अपने प्रिय देश की ओर नजर दौड़ायी। किनारा नजदीक था और वहाँ सरकंडे साफ दिखलायी दे रहे थे। उसने सोचा "देर नहीं कि मेरा जीवन यहीं समाप्त हो जाय, लेकिन लक्ष्य के पास पहुँच कर मरना बहुत अफसोस की बात है। जो भी हो, अच्छा यही है कि मैं अपनी यात्रा जारी रखूँ। यदि मरूँगा तो कृपामयी माँ, अपनी प्रिय मातृभूमि से एक कदम नजदीक होकर मरूँगा।" इस अभिलाषा ने अनाथ को और शक्ति दी और वह अपनी जगह से उठकर गुप्सर को लिये-दिये फिर नदी में पहुँचा और उस पर सवार होकर किनारे की ओर बढ़ने लगा। पेट और छाती के नीचे गुप्सर को दबाये वह अपने हाथों और पैरों को चला रहा था।

किनारा नजदीक आया। वह पानी पर बत्तख की तरह तैरता आगे बढ़ रहा था। हाँ पानी बिलकुल शान्तिकूल (तलैया) या हौज की तरह मालूम होता था। अनाथ की दोनों आँखे किनारे पर लगी हुई थीं। वह बड़े ध्यान से देख रहा था कि कोई आदमी तो नहीं है। वह डर रहा था कि कहीं बासमचियों के हाथ में न पड़ जाये, क्योंकि वह जानता था कि गरीब का लड़का होने से उनके हाथों में पड़ कर वह जिन्दा नहीं बच सकता, लेकिन नदी-तट पर कोई नहीं था। वहाँ बिलकुल शान्ति और नीरवता छाई थी। हल्की हवा भी नहीं चल रही थी कि सरकंडे की पत्तियों को हिलाती। उसने निर्भय होकर गुप्सर को किनारे की ओर चलाया। निरभ्र आकाश में चमकते तारों के प्रकाश में अनाथ किनारे की चीजों को देख सकता था। वह अधीर होकर उसी तरह तेजी से गुप्सर को तट की ओर चलाने लगा, जैसे चिरवियुक्त शिशु माँ की ओर बढ़ता है।

गुप्सर किनारे पर पहुँची। अनाथ ने सरकंडे की जड़ पकड़ कर अपने को किनारे पर लाने के ख़याल से हाथ को बढ़ाया। इसी समय एक शक्तिशाली हाथ ने उसके हाथ को दृढ़ता पूर्वक पकड़ा और दूसरे हाथ को गुप्सर पर रखा।

अनाथ पकड़ा गया था, लेकिन नहीं जानता था कि किन हाथों ने उन्हें पकड़ा है, क्योंकि पकड़ने वाले का सारा शरीर सरकंडे के पत्तों की आड़ के पीछे था।

द्वितीय भाग

उस मजबूत हाथ ने अनाथ को पकड़ कर पानी के बाहर निकाल लिया और दूसरे हाथ ने गुप्सर को भी बाहर कर दिया। अनाथ और गुप्सर के बाहर आ जाने पर हाथ वाला आदमी उठ खड़ा हुआ। इसी समय नीचे की ओर के सरकंडों के भीतर से दूसरे आदमी निकल कर अनाथ के पास आ गये। तीनों आदमियों की शकल-सूरत और पोशाक ऐसी थी, जैसी अनाथ ने कभी नहीं देखी थी। सभी के वस्त्र यूरोपीय ढंग के तथा एक रंग के थे और तीनों बंदूक, तमंचा और हथबम से हथियारबंद थे। जिस आदमी ने अनाथ को पानी से निकाला था, उसने गुप्सर को खोलकर भीतर हाथ डाल अच्छी तरह देखा कि उसमें कोई पत्र या ऐसी ही कोई दूसरी चीज तो नहीं है। इसके बाद उसने अनाथ से कहा, कहाँ से और किस लिए नदी पार हुआ, आदि के बारे में पूछा, लेकिन अनाथ उनकी बात को नहीं समझ सका, चकित होकर उनका मुँह देखता रहा। वह रूसी भाषा नहीं समझता, यह समझ कर उनमें से एक ने वह जिस भाषा को समझता था, उसमें अनुवाद करके पूछा। अनाथ ने जो कुछ भी उस पर बीती थी, एक-एक करके कह सुनायी। फिर नदी पार करके आने के बारे में कहते हुए बोला :

—मैं नदी पार कर अपने प्रिय देश में आया, क्योंकि मैंने सुना कि बोलशेविक हमारे देश के गरीब और अनाथ बच्चों की बालशाला में परवरिश करके उन्हें लिखा-पढ़ाकर आदमी बनाते है। मैं इसलिए आया कि अपने देश में सीख-पढ़ कर

आदमी बनूँ और खूँख्वार बाय और बासमची गरीबों को मारते और हमारे देश को जलाते हैं, उन्हें पकड़ कर बोलशेविकों के हाथ में दूँ।

—जो कुछ तूने कहा, यदि वह ठीक है, तो तेरा मनोरथ पूरा होगा—पूछने वाले ने कहा। थैले को खोल कर एक टुकड़ा मिश्री और एक चाकलेट अनाथ के हाथ में देते हुए कहा—यह खा, जिसमें जोर मिले। फिर हम चलेंगे।

अनाथ ने मिठाई को मुँह में डाल कर चूसना शुरू किया। बाय के घर में मिठाइयाँ खायी थीं, लेकिन उनका स्वाद ऐसा नहीं था। मिश्री उसे स्वादिष्ट मालूम हुई। उसे कुछ ताकत मिली दिल को आराम हुआ और सर्दी से काँपना बन्द हो गया।

अनाथ ने मिठाई खाते वक्त उस पर लिपटे रंग-बिरंगे कागजों को एक-एक करके निकाल कर एक हाथ में रख लिया। मिठाई मुँह में डालकर खाते हुए वह कागज को चकित और शंकित दृष्टि से देखने लगा, क्योंकि पहली बार उसने ऐसी चीज देखी थी। जब उसे चाकलेट और उस पर लिपटे कागजों के बारे में मालूम नहीं हुआ, तो वह अनुवादक की ओर देखने लगा।

—इन्हें खा—अनुवादक ने चाकलेट देते हुए कहा और फिर कागजों की ओर संकेत करके कहा—इन्हें फेंक दे।

अनाथ ने चाकलेट मुँह में डाली। वह मिश्री से भी ज्यादा मीठी मालूम हुई। खाते वक्त उसने फिर कागजों को एक-एक करके देखा और उसके भीतर की पतली पन्नी निकाल कर अँगुलियों में लपेट कर देखा, लेकिन उन्हें फेंका नहीं।

—फेंक दे, इन्हें क्या करेगा रख कर? ये बेकार के कागज है—दुभाषिये ने कहा।

उसने बाकी मिठाई को खाते हुए कागज जमीन पर फेंक दिया, लेकिन उससे नजर नहीं हटाई। वे लोग जो सवाल करते, उसका जवाब देते समय अब भी उसकी दृष्टि कागज पर रही।

चाकलेट खाने के बाद अब वह कुछ मजबूत हुआ, उसका काँपना बन्द हुआ और चेहरे पर सुर्खी दौड़ी। अब उसे लेकर वह आफिस की ओर चले। अनाथ उनके आगे-आगे था। उसके दिल में खुशी और पेट में आराम था।

X   X   X

जिस समय सीमान्तपाल अनाथ को कार्यालय में ले गए, उसके शरीर पर एक पायजामा के सिवा और कुछ न था। वहाँ उसे नया कपड़ा पहना कर एक कमरे में

किसी के सामने ले गए। उस आदमी की भी पोशाक और शकल-सूरत सीमान्तपालों जैसी थी। इस आदमी ने भी अनाथ से उसी तरह के सवाल किए और अनाथ ने भी उसे वे ही जवाब दिए, जो नदी के किनारे दे चुका था। दोनों जगहों के प्रश्नोत्तर में इतना ही अंतर था कि यहाँ सब कुछ कागज पर लिखा जा रहा था।

प्रश्नोत्तर समाप्त होने के बाद प्रश्नकर्ता ने कहा—अच्छा, इसे ले जाओ, खिलाओ सुलाओ। आराम करे, फिर देखेंगे।

अनाथ को लेकर वह दूसरे घर में गए। घर में अँधेरा था, लेकिन वह फिर एकाएक प्रकाशित हो गया। यह देखकर अनाथ एकदम काँपने लगा। उसका होश उड़ गया और चकित होकर देखने लगा। उसके रंग को उड़ा, चेहरे को सफेद और शरीर को काँपता देखकर लाने वाले सीमान्तपाल ने कहा—"डर मत, यह स्वयं जलने वाला बिजली का दीपक है।" फिर स्विच को दबा कर दो-तीन बार उसे जलाया-बुझाया और अनाथ को वहीं छोड़कर दरवाजे को बन्द करके चला गया।

अनाथ ने अपने जीवन में मिट्टी के तेल के चिरागों, लालटेनों और बदबूदार बत्तियों के सिवा दूसरे प्रकार के दीपक नहीं देखे थे। वह सोचने लगा बिजली की रोशनी अजब चीज है जिसे बोलशेविक हमारे देश में लाए हैं। उसने जाकर अपने हाथ से स्विच को दो-तीन बार दबा

कर रोशनी को जला-बुझाकर देखा। उसकी प्रसन्नता का ठिकाना नहीं था। कितने अन्धकारपूर्ण, कितनी कष्टमय दुनिया से वह ऐसी प्रकाशमान और आनन्दपूर्ण दुनिया में आया! उसका हर्ष मन में समा नहीं रहा था। वह अपने भावों को किसी से कह कर मन हलका करना चाहता था। इसी समय अनाथ को अपनी कृपामयी माँ और कुर्बान भाई याद आए। उसे लगा कि कहीं वह उसके पास होते तो वह बत्ती को जला-बुझाकर उस हुनर को दिखलाता जिसे बोलशेविक देश में लाए है।

बिजली के चिराग के देखने से हुए आश्चर्य और मन के उद्वेग के कुछ नर्म पड़ जाने पर अनाथ कमरे की चारों ओर नजर दौड़ाने लगा। कमरा छोटा था, लेकिन बहुत साफ और खुला हुआ। उसकी दीवारें बगुले के पर की तरह सफेद थीं। छत और फर्श में वार्निश किये लकड़ी के तख्ते लगे थे। कमरे की एक तरफ एक चारपाई थी जिसके ऊपर नर्म बिछौना बिछा हुआ था। एक कोने में मेज पर सुराही और पास में

एक कुर्सी थी। अनाथ ने पहली बार इस तरह का कमरा देखा था। उसने सोचा, शायद बोलशेविकों की बालशाला यही है।

यदि उस समय कोई कहता कि यह बन्दीखाना है, तो अनाथ क्रोध में आकर उसकी जीभ निकालने के लिए तैयार हो जाता। उसने डेढ़ महीने पहले पड़ोसी राज के बन्दीखाने को देखा था। वह बन्दीखाना भेड़ रखने वाले हौज की तरह था। अँधेरा, गन्दा और काला था। उस जेलखाने में जिसको बंद किया जाता, उसे कपड़ा नहीं पहनाते, देखभाल नहीं करते, शरीर से कपड़ों को छीनकर नंगे बदन पर कमचियाँ मारते और फिर लाकर बन्दीखाने में बंद कर देते।

अनाथ इस प्रकार अपने कमरे को बालशाला समझ कर खूब खुश हो रहा था। इसी समय किसी ने द्वार खोला चाय, चीनी और रोटी लाकर मेज पर रखी और अनाथ को कुर्सी की ओर संकेत करते हुए "आ, बैठ, चाय पी और रोटी खा" कह कर बाहर निकल गया और दरवाजा बन्द कर दिया।

अनाथ ने चीनी को गरम चाय में डालकर रोटी खाना शुरु किया।

जब अनाथ पेट भर खाना खा चुका तो द्वार फिर खुला और उसी आदमी ने आकर मेज पर से बर्तनों को उठा लिया और चारपाई की ओर इशारा करके कहा–यह तेरे सोने के लिए है। फिर बाहर निकलने से पहले उसने बिजली की स्विच की ओर इशारा करके कहा–सोने के वक्त चिराग को बुझा देना।

अनाथ ने अभिमान के साथ शिर हिलाते हुए बत्ती को एक-दो बार बुझा कर कहा–मैं इसे जलाना-बुझाना जानता हूँ।

–मलादीयेत्स, शाबाश–कहते आदमी ने बाहर निकलकर दरवाजे को बन्द कर दिया। अनाथ कपड़ा उतार कर नर्म बिस्तरे पर लेट गया। वह जिंदगी में कभी चारपाई पर न सोया था। यहाँ पहली बार नर्म विस्तरे पर लेटा था। लेटने के साथ ही उसे नींद आ गयी।

X   X   X

पहरेदार लम्बा बूट पहने दरवाजे के बाहर टहल रहा था। उसकी आवाज अनाथ के कानों में आयी। खिड़की के शीशों से कमरे के भीतर धूप पड़ रही थी। कमरा गर्म था और दिन के बारह बज रहे थे।

द्वार रक्षक ने अनाथ को कमरे से बाहर ले जाकर शौच और हाथ–मुँह धोने से निवृत्त करा फिर कमरे में लाकर बन्द कर दिया। कुछ मिनट बाद शाम वाले आदमी ने रोटी, चीनी-चाय लाकर मेज के ऊपर रखी। भोजनोपरान्त अनाथ फिर चारपाई पर लेटकर कुछ देर सोचता रहा। फिर उसका दिल उकताने लगा,–"कहते थे कि बालशाला में पढ़ाते हैं। पढ़ाई कब शुरू होगी? दूसरे बच्चे कहाँ है? मैं क्यों अकेला हूँ?" वह अपनी जगह से उठकर दरवाजे के पास गया। उसमें लोहे के छड़ लगे हुए थे। उसने इनके बीच से झाँका, लेकिन लगे हुए शीशे में कोई चीज़ मली थी, इसलिए बाहर कुछ नहीं दिखाई पड़ा। फिर उसने दरवाजे को खोलना चाहा, लेकिन वह खुला नहीं। उसे और भी चिन्ता हुई और उसने अपने आपसे कहा–आश्चर्य? बालशाला में क्या बच्चे को कोठरी में अकेला बंद कर देते हैं? यह बात ठीक नहीं है। बड़ों से कह कर इसे हटवाना चाहिए।

वह फिर थोड़ी देर लेटा रहा और फिर उठ कर कमरे में टहलने लगा। उसका मन आखिरकार दुःखी होने लगा। इसी समय खाना देने वाला आदमी फिर आया। उसके हाथ में माँस-सूप और रोटी थी जिसे मेज पर रखकर वह चाय के बर्तनों को लेकर चला गया। आदमी के दरवाजा खोलकर जाते समय अनाथ ने टोककर कहा–चचा, तुम यहाँ के हो? पढ़ाई यहाँ कब से शुरू होती है?

आदमी ने पहले अचरज के साथ अनाथ की ओर देख कर कहा–यहाँ पढ़ाई नहीं होती।

–दूसरे बच्चे कहाँ है?

–यहाँ तेरे अलावा कोई दूसरा बच्चा नहीं है।

आदमी चकित होकर दरवाजा बंद करके चला गया। अनाथ भी बे–बच्चा और बे–पढ़ाई की बालशाला के बारे में अचरज करते हुए कुर्सी पर बैठा रहा। फिर शोरबा में रोटी के टुकड़े करके डालकर खाया और फिर आलू और मास को खाते हुए उसने अपने-आपसे कहा–सूप स्वादिष्ट है। एशानकुल बाय के घर पर प्रतिदिन एक भेड़ मार कर खुद खा जाते थे और मुझे ज्वार की सूखी रोटी दिया करते थे–वह भी पेट भर नहीं। सप्ताह-पखवारे में एक बार मुझे सूप देते, लेकिन वह भी खाली अधगरम पानी होता। यदि माँस देते, तो छुरी से सारे माँस को निकालकर सिर्फ हड्डियाँ देते जो बिलकुल

सूखी लकड़ी की तरह सामने आती। यहाँ का सूप भी स्वादिष्ट है और माँस-खंड भी बिना हड्डी का है।

अनाथ ने फिर बात करना शुरू किया–"सभी चीजें ठीक है, लेकिन यहाँ खाने-सोने के सिवा कोई दूसरा काम नहीं। ऐसे काम कैसे चलेगा? और नहीं तो पास में एक बच्चा ही होता कि मैं कभी-कभी उसके साथ खेलता या बातचीत करता।" थोड़ी देर कुर्सी पर बैठने के बाद अनाथ अपनी चारपाई पर लम्बा पड़ रहा।

X   X   X

अनाथ पेट भर खाकर निधड़क सोया हुआ था। इसी समय पहरेदार "आ, मेरे साथ" कहकर उसे फिर उसी घर में ले गया जहाँ उससे पूछताछ की गयी थी। उस घर में आज उस दिन के प्रश्नकर्ता के अतिरिक्त और भी दो आदमी थे। आज भी उससे प्रश्नोत्तर हुए और सबको कागज पर लिखा गया।

प्रश्नोत्तर के बाद प्रश्नकर्ता ने पहरेदार से कहा–"इसे बाहर ले जा, मैं फिर बुलाऊँगा।" पहरेदार ने अनाथ को बाहर ले जाकर एक बेंच पर बैठाया और खुद भी वहीं बैठ गया। बहुत देर नहीं हुई कि भीतर से बुलाने की आवाज आयी। अफसर ने भीतर आने के बाद अनाथ से कहा–तू अपने घर जाएगा?

–मेरा घर नहीं है–अनाथ ने कहा।

–शायद तेरे भाई-बंधु हों, उनके पास चला जा।

–मेरे भाई-बंधु भी नहीं है।

–यही सही, लेकिन हम यहाँ से छोड़ दें, तो तू कहाँ जाएगा?

–मैं यहाँ से कहीं नहीं जाऊँगा, मैं यहीं रह कर पढ़ूँगा। सिर्फ जिस कोठरी में मैं सोता हूँ, उसके दरवाजे को खुला रखना चाहिए।

वहाँ बैठे आदमी एक-दूसरे को देखकर हँस पड़े। फिर प्रश्नकर्ता ने कहा–यहाँ पढ़ाई नहीं होती।

–क्यों! कहते थे कि बालशाला में पढ़ाई होती है–अनाथ ने पूछा।

–यह बालशाला नहीं है–कहकर प्रश्नकर्ता ने फिर पूछा–यदि बालशाला भेजें, तो तू जाएगा?

–जाऊँगा–अनाथ ने हर्ष, विस्मय और संकोच के साथ कहा। वहाँ बैठे आदमी हँसते हुए आपस में रूसी में बात करने लगे। एक ने उसमें से कहा–इस लड़के की उमर

अधिक मालूम होती है, शायद सोलह साल की हो। इस उमर में बच्चे बालशाला से बाहर आते हैं, हम कैसे इसे बालशाला भेजेंगे?

—कद लम्बा है, तो भी इसके कहने के अनुसार उमर चौदह साल की है। फिर इस बच्चे के घर-द्वार, भाई-बन्द नहीं है। इसे पढ़ाना भी जरूरी है और बालशाला छोड़कर कोई ऐसी जगह हमारे पास नहीं है जहाँ खाना-पहिनना, रहना-पढ़ना सब हो सके। इसलिए बहुत पशोपेश में न पड़कर इसे बालशाला भेजना अच्छा है–प्रश्नकर्ता ने कहा।

दूसरे भी सहमत हुए और प्रश्नकर्ता ने अनाथ से कहा–तू बाहर बैठ, हम अभी पत्र लिखकर तुझे बालशाला भेजते हैं।

अनाथ बाहर बरामदे में आकर बैठा। कुछ ही मिनटों के बाद पहरेदार एक कन्वेर्त (लिफाफा) हाथ में लिये आया और उसे बालशाला की ओर ले चला।

X   X   X

सिपाही अनाथ को लिए बालशाला के एक कमरे में गया और वहाँ बैठे व्यक्ति के हाथ में लिफाफा देकर अनाथ को पास पड़े गद्देदार दीवान पर बैठा दिया।

व्यक्ति ने लिफाफे को खोलकर पत्र पढ़ा, फिर शिर को ऊपर उठाकर "बहुत अच्छा" कहकर कलम से पत्र के ऊपर कुछ लिखा और उसे अपने पीछे की फाइल में टाँग दिया।

दूसरे कमरे से एक और आदमी आया जो बालशाला का अध्यक्ष था। उसने एक पत्र लिखकर सिपाही के हाथ में देते हुए कहा–इसे उन्हें दे देना। उस आदमी ने पत्र को पढ़ कर अनाथ की ओर निगाह करके अपने मुखिया से पूछा–यही बच्चा है।

—यही है मुखिया ने कागज पर से मुँह हटाए बिना कहा।

उस व्यक्ति ने अनाथ और सिपाही की ओर देख कर कहा–"हमारे साथ आओ"– और उनको अपने पीछे–पीछे ले गया। दूसरे कमरे में एक मेज के पास बैठकर अनाथ को भी बैठने के लिए इशारा किया।

यह आदमी बालशाला का सेक्रेटरी था। उसने एक रजिस्टर निकालकर सरदार के दिए हुए पत्र की कुछ पंक्तियाँ लिखीं। फिर एक सफेद कागज निकालकर उसके कोने पर मुहर मारकर उस पर भी कुछ पंक्तियाँ लिखीं। फिर वह घर से बाहर गया और एक मध्यवयस्का स्त्री को अपने साथ लाकर उसके हाथ में पत्र देकर अनाथ और सिपाही की ओर निगाह करके कहा:

—इन्हें ले जाइए, बच्चे को बालशाला की पोशाक पहनाइए, इसके कपड़ों को सिपाही को दे दीजिए और इस पत्र को भी इन्हीं के हाथ में दे दीजिए।

श्वेतवसना स्त्री अनाथ और सिपाही को अपने साथ लिये एक कमरे में गयी। यह कमरा बहुत बड़ा था। इसमें एक तरफ कपड़ा टाँगने की आलमारियाँ थी। स्त्री ने एक आलमारी खोली। वहाँ भिन्न-भिन्न आकार के पहनने के कपड़े थे। स्त्री ने एक आकार के कपड़े को निकालकर देखा, तो वह छोटा दिखलायी पड़ा। स्त्री ने उस कपड़े को रखकर दूसरे कपड़ों को भी निकालकर देखा और फिर बोली :

—इस समय इससे बड़ी और कोई पोशाक नहीं है। चाहे बड़ी हो या छोटी, इसे ही इस वक्त पहनना है। फिर आकार के अनुरूप दूसरी पोशाक मँगवायेंगे और सिपाही की तरफ निगाह करके कहा—तुम थोड़ी देर ठहरो, में इन सरकारी कपड़ों को बच्चे के शरीर से उतरवा कर तुम्हें देती हूँ—और वह कपड़े तथा अनाथ को लेकर एक कोठरी में चली गयी।

सिपाही को बहुत देर प्रतीक्षा नहीं करनी पड़ी। स्त्री ने अनाथ के पहने कपड़े को पुराने समाचारपत्र में लपेटकर सिपाही के हाथ में देते हुए उस पत्र को भी दे दिया।

स्त्री फिर उसी कमरे में आयी जहाँ अनाथ था और उसे साथ लेकर बाहर निकल आयी। सिपाही चला गया था, लेकिन यदि वह होता, तो विश्वास न करता कि यह वही बच्चा है जिसे यह साथ लाया था। गरम पानी और साबुन से उसे नहलाया गया था। बालों में कंघी की गयी थी। हाथ-पैर के नाखून काट दिए गए थे। अनाथ कमीज सफेद, पतलून सफेद, टोपी सफेद, बूट सफेद और मोजा भी सफेद पहने था। स्त्री ने अनाथ से कहा :

—जा बड़े दर्पण के सामने देख, तू अपने को पहचानता है?

—मैंने इससे पहले अपने को शीशे में नहीं देखा, फिर आज कैसे पहचानूँगा कि में दूसरा हो गया! अनाथ ने दर्पण के सामने खड़े होकर अपने को देखते हुए कहा—यदि मैंने पहले अपने को देखा होता तो इस पोशाक में अवश्य नहीं पहिचानता।

X   X   X

जिस समय अनाथ दर्पण के सामने खड़ा था, उसी समय खुली खिड़की के बाहर आकर एक लड़का खड़ा हुआ। वह बड़े ध्यान से अनाथ के प्रतिबिम्ब की ओर देख रहा था। वह लड़का अनाथ से अधिक लम्बा और मजबूत था। उसकी शकल सूरत अनाथ-जैसी ही थी, अर्थात् उसकी आँखे अनाथ की आँखों जैसी काली, चेहरा उसी तरह आरक्त श्वेत, बाल उसी की तरह और हाथ भी वैसे ही स्वच्छ थे।

लड़का कुछ देर अनाथ के प्रतिबिम्ब को देखकर दरवाजे के सामने गया और उसने "मौसी। भीतर जा सकता हूँ?" कहते हुए भीतर आने की आज्ञा माँगी। महिला ने लड़के की तरफ देखते हुए कहा–आ सकते हो।

लड़का कमरे के भीतर आया। अनाथ पैर की आहट सुन कर दर्पण से मुँह फेरकर उसकी तरफ देखने लगा। आगंतुक लड़के ने थोड़ी देर अनाथ की ओर देखकर खड़े होकर पूछा:

–क्षमा करना, साथी! तू कहीं चचा मुराद का पुत्र अनाथ तो नहीं है?

अनाथ एकाएक अपने और अपने बाप के नाम से परिचित व्यक्ति के मुँह से प्रश्न सुनकर आश्चर्य में आ गया इतने आश्चर्य में आ गया कि जवाब देना ही भूल गया और प्रश्नकर्ता की और विस्मित दृष्टि से कुछ देर देखता रहा। फिर "एवं तू मेरा कुर्बान भाई! क्यों, तू मेरा अकाजान (बड़ा भैया) क्यों" कहते हुए उसकी ओर दौड़ा। दोनों नवतरुण एक-दूसरे से आलिंगन-चुम्बन करने और मिलने के बाद कुशन-मंगल पूछने लगे। सबसे पहिले कुर्बान ने कहा

–पहले बता, कहाँ रहा, तेरी माँ तो स्वस्थ प्रसन्न है? यहाँ क्या काम कर रहा है?

–मुझ पर क्या बीती, इसे मत पूँछ। उसे बताने के लिए रातों की जरूरत है, या दिनों की, सूर्यास्त होने तक। जिस वक्त मैंने माँ को छोड़ा, वह ठीक थी, जिन्दा थी, लेकिन जिन्दा होते हुए भी कब्र के अन्दर थी। में इसी बालशाला में आकर ठहरा हूँ–अनाथ ने जवाब देकर फिर पूछा–अपनी बतला, तेरा क्या हाल है? माँ-बाप सलामत तो है? किशलक (गाँव) का क्या हाल है? तू यहाँ क्या काम करता फिर रहा है?

मेरे शिर पर बड़ी-बड़ी बलायें आयी हैं। बासमचियों ने माँ-बाप को मार डाला, गाँव को भी जला डाला। उन घटनाओं के बारे में क्या कहूँ?

अवश्य रात चाहूँ   तुझसे   दिल   की   कहूँ।
में राऊँ और तू हँसे   अकेला तू और अकेला में होऊँ।

फिर कुर्बान ने आगे कहा–मैं इसी बालशाला में परवरिश पाकर, लिख-पढ़कर कम्सोमोल (तरुणसभाई) बना हूँ। यह बालशाला सीमान्तपाल कम्सोमोलों के अधीन है। मैं यहाँ उसी की ओर से कुछ कामों की जाँच के लिए आया हूँ–फिर कुर्बान ने अपने हाथ को अनाथ की और बढ़ाते और उसके हाथ को मजबूती से पकड़े हुए

कहा–खैर अभी तू सलामत से रह, यहाँ खातिरजमा होकर रह। मैं अभी कम्सोमोल संस्था के काम से जा रहा हूँ। फिर खूब देर तक बैठकर आपबीती और अपने दिल के दर्द की बातें कहें-सुनेंगे।

कुर्बान चला गया। अनाव सोचने लगा–वह कैसा स्थान है? कम्सोमोल लोग कैसे होते है कि कुर्बान उनमें शामिल हुआ है और इस स्वतंत्र और बड़ी बालशाला की देखभाल वह कैसे करते हैं?

कुर्बान के पिता रूज़ीमुराद का क्या हुआ? रूज़ीमुराद बुखारा की ओर मजदूरी करता था। जब भी पाँच–छह तंका बचा पाता, गाँव में आकर अपने बीवी-बच्चों को देकर उनके खाने-पीने का इन्तजाम करता और फिर काम पर चला जाता।

वह इसी तरह एक बार बुखारा से अपने गाँव आ रहा था कि उसे पानी से बहके आयी मुराद की लाश देखने को मिली। उसने लाश को पहचान लिया और यह भी जान लिया कि मुराद नदी में गिर कर नहीं मरा, बल्कि गोली मार कर उसे पानी में डाल दिया गया, क्योंकि वहाँ बगल से गोली के निकल जाने का छेद मौजूद था। इस खबर को वह अपने गाँव में ले गया और बहुत पूछताछ के बाद उसे निश्चय हो गया कि मुराद को एशानकुल बाय की आज्ञा से शाकुल ने मार कर नदी में फेंक दिया। लेकिन, उस समय वह अपराधियों के विरुद्ध कुछ नहीं कर सका, क्योंकि अमीरों की सरकार और उसके अमलदार बायों की हिमायत करते थे और गरीबों को उनके विरुद्ध कुछ भी कहने पर जमीन-आसमान एक कर देते थे, लेकिन जब अमीर भाग गया और बाय भी भागने के लिए तैयार हुए, उस समय उसने गाँव के गरीबों में उनके विरुद्ध भाषण दिया और अपराधियों का नाम साफ खोल कर कह दिया।

जब बुखारा और तिर्मिज के बीच रेल की सड़क बन रही थी, उस समय रूज़ीमुराद सड़क बनाने वाले मजदूरों में काम करता था। जब रेल तैयार हो गयी और

ट्रेन चलने लगी, तो तिर्मिज के डिपो में वह शारीरिक श्रम का काम करता था। कुछ समय इसी तरह काम करता रहा, फिर डिपो के मिस्त्री-लोहार का अन्तेवासी बना और अंत में स्वयं मिस्त्री बन गया।

फरवरी और अक्तूबर (1917) की क्रान्तियों में रूज़ीमुराद तिर्मिज के रेलवे-मजदूरों और उनके साथियों के साथ हो गया। वहाँ उसे राजनीतिक शिक्षा मिली, वर्ग-चेतना जगी और वह आगे बढ़ा। इसी समय उसने एशानकुल बाय और शाकुल द्वारा मुराद की हत्या को वर्ग स्वार्थ के कारण समझा और हत्या के असली अभिप्राय को गरीबों को समझाते हुए कहा कि क्यों हम बायों के अधीन है, उनके हुकुम को बजाते हैं और बाय जो कुछ माँगते हैं, यहाँ तक कि स्त्री तक से भी इन्कार नहीं कर सकते। यदि बायों की बात नहीं स्वीकार करते, तो हम दुनिया में जी नहीं सकते और हमारी दुर्दशा वही होती है जो मुराद की।

जिस समय रूज़ीमुराद तिर्मिज के डिपो में काम कर रहा था, उसी समय बुखारा में कोलिंसोफ-कांड हुआ। इस घटना में जदीदों (नवीनतावादियों) ने दुःसाहस, विश्वासघात और झूठ से काम लिया। एक तरफ हम "क्रान्तिकारी हैं" कहते हुए जनान्दोलन का नेतृत्व अपने हाथ में ले लिया और दूसरी ओर अमीर से समझौता और मेल-जोल की बात चला कर जनक्रान्ति के रास्ते को रोक दिया। अमीर ने इस सुलह-समझौते की बात से लाभ उठाकर अपनी ताकत बढ़ायी, अपने विरोधी मेहनतकशों का नाश किया और उन मेहनतकशों को घर-घर से एक-एक कर पकड़ लिया जो अभी संगठित नहीं हो पाए थे क्योंकि वह अमीर और शोषकों के प्रति शत्रुता का भाव रखते थे। जब बुखारा की जनता की सहायता के लिए महान् रूसी जाति और उसकी लाल सेना आने को हुई, तो अमीर ने क्रान्ति का विरोध करते हुए अपने राज्य के भीतर की सभी रेलवे लाइनों को बर्बाद करा दिया और बड़ी बर्बरता से रेलवे मजदूरों और उनके बीवी-बच्चों को मरवाया। इसी समय बुखारा तिर्मिज के रेलवे मजदूरों और उनके बीवी-बच्चों के खून से अमीर के आदमियों ने हाथ रँगे।

इस खूनी कांड से जीवित बचे रेलवे मजदूरों में रूज़ीमुराद भी था। उसने रूसी मजदूरों और बोलशेविक पार्टी से सम्बन्ध जोड़कर बुखारा के इलाके में मेहनतकश जनता को अमीर के विरुद्ध भड़काया और आंदोलन का काम किया।

बुखारा क्रान्ति में उसने हथियार लेकर भाग लिया। पूर्वी-बुखारा (आधुनिक ताजिकिस्तान) में लाल-गोरिल्लों में होकर लाल सेना के साथ अमीर और उसके आदमियों के विरुद्ध लड़ता रहा। जब अमीर भाग गया, तो बायों और मुल्लों के बहकावे से लोगों को सजग करते हुए गाँव-गाँव घूमता रहा। इस काम के खतम हो जाने पर वह अपने गाँव में गया, गाँव अफगानिस्तान की सीमा के पास था और उसने वहाँ भी मेहनतकशों में बायों के प्रभाव को हटाने का काम किया।

रूज़ीमुराद ने मेहनतकशों को सिर्फ बायों के प्रभाव से मुक्त करने का ही काम नहीं किया, बल्कि वह गाँव से भाग गए, बायों की धरती-पानी और खेती के सामान को गरीबों में बाँटकर गाँव को आबाद करने के लिए भी काम करने लगा, लेकिन वह इस काम को अधिक समय तक नहीं कर सका। जल्दी ही अमीर, उसके अमलदार, बाय और जदीदों ने बासमचीगरी (जहादी डकैती) का संगठन किया और वे बोलशेविकों के विरुद्ध, गरीबों के विरुद्ध, सारे मेहनतकशों के विरुद्ध होकर स्वयं स्वामी बनकर गाँव को आबाद करने के लिए कोशिश करने वालों के विरुद्ध खून बहाने लगे। एशानकुल बाय और शाकुल भी अफगानिस्तान में रहते और वहाँ से हथियार जमाकर बासमचियों को देते। उन्होंने सबसे पहिले और बासमचियों को अपने गाँव पर जहाँ कि रूज़ीमुराद के नेतृत्व में गाँव के गरीब काम कर रहे थे–भेजा, लेकिन रूज़ीमुराद हाथ बाँधकर चुपचाप बैठा नहीं रहा। उसने रायन् (तहसील) की पार्टी और रेव्-कम् (रेवोल्युशनरी कमेटी–क्रान्ति समिति) से सम्बन्ध जोड़ हथियार ले गाँव के गरीब किसानों और मजूरों का एक दल बना डाला।

1921 का दिसम्बर था। सर्दी बहुत ज्यादा न थी, लेकिन तो भी बर्फ के बड़े-बड़े दाने बरस रहे थे। बर्फ जमीन पर पड़कर पिघल जाती जिससे भीगी जमीन की कीचड़ आमू के किनारे की गीली मिट्टी की तरह चिपकाऊ थी। गाँव शान्त और नीरव था।

इस नीरवता को यदि कोई भंग कर रहा था, तो गाँव के स्वयंरक्षक दल के कीचड़ में शाल्प्-शाल्प् करती पैरों की आवाज कर रही थी। दल कीचड़ और हिमवर्षा की कोई परवाह न कर दीपक पर पतिंगे की तरह, गाँव की चारों ओर चक्कर काट रहा था, ताकि बासमचियों के आकस्मिक आक्रमण का मुकाबिला किया जा सके।

आधी रात बीत गयी थी। बर्फ और कीचड़ के बीच चक्कर काटते दल के आदमियों को सर्दी लगने लगी। इसलिए दलपति रूज़ीमुराद ने गाँव के चारों ओर जगह-जगह रक्षियों को बैठा कर दूसरों को गर्माने-सुस्ताने की छुट्टी दे दी और स्वयं भी अपने घर में आकर आग के सामने बैठकर पैरों को गर्माने और कपड़ों को सुखाने लगा। इसके बाद वह लेट गया।

दूर से बन्दूक की आवाज आयी जिसने रूज़ीमुराद को जगा दिया। कपड़े को उतारा नहीं था, इसलिए वह जागने के साथ ही बन्दूक को हाथ में लेकर घर से बाहर निकलकर बिजली की तरह दौड़ पड़ा।

चौरस्ते पर पहुँचा। गाँव के बाहर नियुक्त पहरेदारों में से एक घोड़ा दौड़ाता रूज़ीमुराद के पास आकर बोला–हम अपने नियत स्थान में पहरेदारी कर रहे थे। इसी समय बासमचियों ने एकाएक आक्रमण कर बन्दूक चलाना शुरु कर दिया। मेरा साथी पहली ही गोली से गिर पड़ा और मैं खबर देने के लिए यहाँ दौड़ आया।

इस समय तक गाँव के चारों ओर से बन्दूक की आवाजें सुनायी देने लगीं। स्वयंरक्षकों को एक-एक करके आवाज देने की जरूरत न पड़ी। सभी बन्दूक की पहली आवाज सुनते ही जाग उठे और पहरेदार अपनी बात को रूज़ीमुराद से पूरी तरह कह भी नहीं पाया कि सब वहाँ जमा होकर रूज़ीमुराद की आज्ञा की प्रतीक्षा में खड़े हो गए। रूज़ीमुराद ने उन्हें कुछ टुकड़ियों में बाँट, हर एक टुकड़ी पर बहादुर जवान को नेता बना, गाँव की एक-एक तरफ भेजा और स्वयं भी एक टुकड़ी लेकर उस तरफ गया जिधर बासमचियों ने पहरेदार को मारा था।

रूज़ीमुराद अभी गाँव से बाहर नहीं निकला था कि बासमची दिखायी पड़े। वह गाँव को घेर कर किनारे वाले घरों पर आक्रमण कर रहे थे और "अपने छिपे मालों को लाकर दें" कहकर किसानों को कमची, बंदूक के कुन्दे या तलवार की पीठ से मार रहे थे। रूज़ीमुराद ने शेर की तरह गरजते हुए उन पर आक्रमण किया और पन्द्रह मिनट के अन्दर उन्हें भागने के लिए मजबूर कर दिया। मैदान में उनके दो आदमी और एक घोड़ा

मरा पड़ा था, लेकिन कितने लोग घायल हुए, यह नहीं मालूम हो सका। रूज़ीमुराद की टुकड़ी में सिर्फ दो को हल्का घाव लगा।

रूज़ीमुराद अपने सवारों को गाँव की दूसरी ओर खबर लेने के लिए भेजा और स्वयं अपने पियादा-साथियों के साथ भागते हुए बासमचियों का पीछा किया। बासमची घोड़े पर सवार थे। पियादा भला उन्हें कैसे पा सकते थे और थोड़ी देर में वे आँखों से ओझल हो गए।

रूज़ीमुराद ने एक ऊँची-सी जगह के ऊपर जाकर मोर्चा जमाया और खुद गाँव की चारों ओर की खबर आने की प्रतीक्षा में ठहरा रहा।

अब हिम-वर्षा बंद हो गयी थी, आकाश खुल गया था, अभ्र चले गए थे, सितारे गैस की बत्तियों की तरह चमक रहे थे, लेकिन सर्दी बहुत अधिक न होने पर भी काफी थी। विशेषकर ठंडी हवा का झोंका बर्फ के टुकड़ों की तरह मुँह पर लगकर फड़फड़ाहट पैदा कर रहा था। तो भी सर्दी इतनी नहीं थी कि कीचड़ जमकर बर्फ बन जाती। हाँ, पतले कपड़े वालों का शरीर अवश्य काँप रहा था।

बहुत समय नहीं बीता कि गाँव की चारों ओर की खबर लाने के लिए भेजे गए स्वयंरक्षक आने लगे और उनके कथनानुसार सब जगह शांति थी। बासमचियों का कहीं पता नहीं था। उन्होंने और किसी जगह के आदमी पर आक्रमण नहीं किया। खबर देने वालों ने यह भी कहा:

—जान पड़ता है कि बासमचियों ने हमें धोखा देने के लिए, हमारी शक्ति को बिखेर देने के लिए गाँव की चारों ओर से हमला किया, नहीं तो उनका सारा बल इसी ओर लगा रहता।

सवार दूर-दूर तक गए, लेकिन उन्होंने एक भी बासमची को नहीं देखा।

रूज़ीमुराद ने इस खबर को सुन कर कुछ सन्तोष प्राप्त किया, लेकिन तो भी वह निश्चिन्त नहीं हुआ, बल्कि उसने अवसर से फायदा उठाकर आगे के आक्रमण का अच्छी तरह मुकाबिला करने के लिए तैयारी शुरु कर दी। उसने गाँव के चारों ओर के रक्षियों के पास आज्ञा भेजी कि महत्त्वपूर्ण स्थानों पर डीठा रखकर स्वयं गाँव के केन्द्र में जमा हो जायें। रूज़ीमुराद ने अपने स्थान पर देखभाल रखने के लिए भी आदमी को रख अपने आदमियों के साथ गाँव की ओर लौट गया।

X   X   X

रूज़ीमुराद ने गाँव की मस्जिद के सामने बूढ़े-जवान, हथियारबन्द एवं निहत्थे–सभी गाँववासियों को जमा किया। फिर उनके सामने बोलते हुए कहा :

–दुश्मन अभी जिन्दा है, संख्या और शक्ति में भी बड़ा है। उसके एक बार हारकर भागने से निश्चिन्त होना धोखा और बचपना है, इसलिए जो भी हथियार उठा सकते हैं, उन्हें सैनिक-शिक्षा लेनी चाहिए।

–सबके लिए हथियार कहाँ हैं कि सैनिक-शिक्षा का अभ्यास करें?–बीच में टोककर एक आदमी ने कहा।

–ठहर जा, मैं स्वयं बतला रहा हूँ कि हम कैसे शिक्षा ले सकते हैं–रूज़ीमुराद ने कहा–जिन साथियों के पास बन्दूक है और जिन्होंने बन्दूक चलाना अच्छी तरह सीख लिया है, वे अपनी बन्दूकें उनके हाथ में दे दें जिन्होंने अभी बन्दूक चलाना सीखा नहीं है। इसके बाद वे खुद फावड़ा और बेलचा लेकर गाँव की चारों ओर मोर्चाबन्दी के लिए खंदक खोदें। इसी बीच हम रायन में आदमी भेजकर हथियार माँगते हैं और सबको हथियारबन्द करते हैं।

रूज़ीमुराद के बाद एरगश बेदाँत ने उसका समर्थन किया और उसके बाद एक और आदमी ने भी यही कहा। अन्त में ग्रामवासियों की करतल ध्वनि के साथ रूज़ी-मुराद की बात स्वीकार की गयी। इस निश्चय के अनुसार जिन्होंने इस लड़ाई में भाग लिया था, वे खंदक खोदने में लग गए और दूसरे बन्दूक चलाना सीखने लगे।

12 घण्टों में काफी काम हुआ। कितनी ही खंदकें खोदी गयीं। उनके सामने मिट्टी का ढेर खड़ा हो गया।

अब बन्दूक-न-हुए लोगों के हाथ भी बन्दूक की आवाज से नहीं काँपते और वे कितने ही निशाने लगा लेते।

रूज़ी इस काम से बहुत खुश हुआ। उसने लोगों को खाना खाने और आराम करने के लिए दो घंटे की छुट्टी दे दी और स्वयं भी खाना खाने चला गया।

X   X   X

रूज़ीमुराद अभी खाना पूरी तरह खा भी नहीं पाया था कि एक पियादे ने उसके पास आकर गुप्त खबर दी। मालूम हुआ कि इस गाँव से 20 मील दूर एक दूसरे गाँव में बासमची छिपकर कूच करने वाले हैं। वे उस गाँव के अकसक्काल के घर में गुप्त

सभायें करते है—अकसक्काल मुँह पर पर्दा डाल कर अपने को सोवियत सरकार का शुभचिंतक बतलाता था। बासमचियों ने अपने आदमियों को हथियारबन्द करके सीधी कूच करने का निश्चय किया है।

—बासमचियों ने हथियार कहाँ से पाये? रूज़ीमुराद ने पूछा।

पियादा के उत्तर के अनुसार बासमचियों को सबसे अच्छे हथियार पड़ोसी देश (अफगानिस्तान) से मिले हैं। जो हथियार उनके पास भेजे गये, उनमें से कुछ सीमान्तपालों के हाथ में भी पड़े, लेकिन तब भी भगोड़ों के भेजे बहुत-से हथियार उन्हें मिले हैं। इधर उन्होंने अपने आदमियों के अपने यहाँ से हथियारबन्द होने के लिए बहुत कोशिश की। कहते है—"चाहे हमें किसी चीज से हाथ रोकना पड़े, लेकिन हथियार जमा करने से हाथ नहीं रोकना है।"

पियादा ने बतलाया कि उस गाँव के गरीबों ने बासमचियों की तैयारी की खबर पाकर पास के गाँव में खबर भेजी और इस तरह वह उसके गाँव में पहुँची जहाँ से आदमी ने आकर रूज़ीमुराद को खबर दी।

रूज़ीमुराद ने इस खबर को सुनकर एक ओर तैयारी करने में शीघ्रता कर दी और दूसरी तरफ रायन् (तहसील) की रेव्-कम् के पास हथियार लाने के लिए आदमी भेजा।

दूसरे दिन के काम के बाद गाँव की चारों ओर खंदक और मोर्चाबन्दी हो गयी। खंदक बनाने में पुराने गड़्ढों ने भी काम दिया। एक लम्बा-चौड़ा गड़्ढा था जो ऊँची जमीन और सरकंडों से चारों ओर घिरे जलपूर्ण कूल की तरह का था और गाँव को प्रायः चारों ओर से घेरे हुए था। इस गड़्ढे को थोड़ी मेहनत से खोदकर पानी भर दिया गया।

बंदूक का अभ्यास भी इच्छानुकूल हुआ। गाँव के जितने लोग बंदूक उठा सकते थे, सबने बारी-बारी से बंदूक चलाना और निशाना लगाना सीख लिया। गाँव के लोगों के अपनी रक्षा करने में यदि कोई कमी थी तो सिर्फ बंदूक और गोलियों की, जिसकी रायन् से आने की आशा थी, लेकिन रायन् से निराशाजनक खबर आयी। वहाँ भेजे हुए आदमी खाली हाथ लौट आये। उन्हे रेव्-कम् (क्रान्ति-समिति) के अध्यक्ष ने बतलाया :

गाँव पर बासमचियों के एकाएक आक्रमण की खबर निर्मूल और झूठी है। इस तरह की खबरों को स्वयं बासमची फैला रहे हैं। उनके ऐसा करने का उद्देश्य यह है कि गाँव वाले डरकर रायन् से बन्दूकें माँग, रायन् की बन्दूकें गाँवों में बिखर जाँय और रायन् बेहथियार या कम हथियार का हो जाय जिससे वे आसानी से रायन् पर अधिकार कर सकें। अध्यक्ष ने और भी कहा–जब रायन् बासमचियों के हाथ में चला जायगा, तो गाँव स्वयं उनके अधीन हो जायेंगे। इसीलिए रायन् के हथियारों को गाँव में बिखेरना ठीक नहीं है। यदि किसी गाँव पर सचमुच आक्रमण होने की संभावना हो, तो रेव्-कम् को खबर दें। वह सिर्फ हथियार से ही मदद नहीं देगी, बल्कि हथियारबन्द दलों को भी भेजने के लिए तैयार मिलेगी।

रूज़ीमुराद रेव्-कम् के अध्यक्ष के उत्तर को सुन संदेह में अवश्य पड़ा, लेकिन निराश नहीं हुआ। उल्टे, गाँव के गरीबों की शक्ति पर भरोसा करके रक्षा की तैयारी और जोर से करने लगा।

4

मोर्चाबन्दी तैयार थी। हथियारबंद जवान खाइयों में बैठे थे। नए-नए बंदूकची अपने हाथों में कुदाल-बेलचा-फरसा आदि किसानों के हथियारों को लिये सुरक्षित दल बना कर बैठे थे। रूज़ीमुराद ने घोड़े पर चढ़कर खाइयों और उनमें बैठे जवानों को घूमकर देखा और फिर ऊँची जगह पर अवस्थित केन्द्रीय मोर्चे पर जा बैठा।

वह रात शान्ति से बीत गयी। नीरवता को भंग करने के लिए जब-तक घोड़ों के खुरों की ध्वनि "और जागो, होशियार रहो" की आवाज सुनायी देती रही।

लेकिन, सूर्योदय से दो घंटे पूर्व गाँव के छोरों से जगह-जगह एक्का-दुक्का दगती बंदूकों की आवाज सुनाई देने लगी। इसके बाद दूतों ने आकर रूज़ीमुराद को खबर दी कि गाँव से दूर बासमचियों की कालिमा दिखायी पड़ रही है और वह इक्का-दुक्का बन्दूक भी चला रहे हैं। अब रूज़ीमुराद के सामने भी दूर बासमची दिखलायी पड़े। वह धीरे-धीरे उसके मोर्चे की ओर आ रहे थे।

रूज़ीमुराद ने अपने आदमियों को बंदूकें साधकर दागने के लिए तैयार रहने का हुक्म दिया। जब बासमची उचास के पास आकर गाँव की ओर घूमने को हुए तो उसने बन्दूक चलाने की आज्ञा दे दी।

स्वयंरक्षकों में से अगली पाँतीवालों ने एक बार ही बंदूकें सलामी देने की तरह दाग दी। एक बासमची घोड़े पर से गिरा। उसका घोड़ा गाँव की ओर भागा और दूसरे घोड़ों को मोड़कर पीछे की ओर भागे।

उचास के किनारे बैठे स्वयंरक्षकों ने रूज़ीमुराद की आज्ञा से भागते हुए बासमचियों पर गोली चलायी, लेकिन बासमची गोली की मार से दूर हो गये थे। इसके बाद रूज़ीमुराद ने गोली मारना बन्द करा दिया।

सूर्योदय के बाद बासमचियों के एक बड़े दल ने भिंडे के नजदीक आकर गोली चलाना शुरू कर दिया। स्वयंरक्षकों ने भी जवाब देना शुरू किया, लेकिन गोलियाँ एक-दूसरे के पास नहीं पहुँचती थीं।

कारतूस कम हो रहे थे और गोली चलाते रहने से डर था कि कहीं सारे कारतूस खतम न हो जायें, इसलिए स्वयंरक्षकों को रूज़ीमुराद ने बासमचियों के नजदीक आने तक गोली न चलाने का हुक्म दिया। साथ ही उसने गाँव के ऊपर आक्रमण होने की खबर देकर हथियारबंद आदमियों को लाने के लिए एक विश्वस्त और होशियार आदमी के तौर पर एरगश् बेदाँत को भेजा।

सूर्योदय के बाद बासमचियों ने कई बार आक्रमण किया, लेकिन कोई लाभ नहीं हुआ। जब भी वह नजदीक पहुँचते, मैदान में दो-तीन लोगों को मार कर भागने के लिए मजबूर हो जाते।

धीरे-धीरे रूज़ीमुराद के पास कारतूस बहुत कम रह गए और इसका अनुमान बासमचियों को भी होने लगा। उन्होंने कारतूसों को और भी जल्दी खर्च कराने के लिए लगातार एक के बाद एक चढ़ाई की और गाँव के दूसरे भागों पर भी आक्रमण किया जिसमें वहाँ के रक्षी भी अपने कारतूस खर्च करें। बहुत देर नहीं हुई कि वहाँ से भी कारतूस माँगने के लिए आदमी रूज़ीमुराद के पास आने लगे। रूज़ीमुराद रायन् से कारतूस आने की बात कहकर विश्वास दिलाता रहा। कुछ समय बाद गाँव की उस तरफ के स्वयंरक्षक, जिनके कारतूस खतम हो गए थे–एक के पीछे एक आकर–रूज़ीमुराद के सामने जमा हुए।

उचास पर लड़ने वाले हाथ बहुत थे, लेकिन कारतूस नहीं थे कि इन हाथों से फायदा उठाया जा सके।

बासमचियों ने बे-कारतूस वाली जमात को चारों ओर से घेर लिया और बड़े जोर से आक्रमण करना शुरू किया। स्वयंरक्षकों की गोलियाँ सुस्त पड़ने लगीं। बहुत से मोर्चों पर स्वयंरक्षकों ने बंदूक के कुन्दों, बेलचों और फरसों से दुश्मनों को पीछे हटाया। रूज़ीमुराद ने जल्दी कुमक़ आने की बात कहकर दाँत और नाखून से भी लड़ते रहने की आज्ञा भेजी।

X   X   X

आशा बेकार गयी, रायनू से कोई हथियार या हथियारबंद आदमी नहीं आया। एरगश् बेदाँत सरकंडों के बीच से होता गड्ढे के पानी के पार हो बड़ी निराशाजनक खबर लाया। एरगश् ने बतलाया कि रेव्-कम् के अध्यक्ष ने हथियारबंद आदमी के न करने की बात कहते हुए जवाब दिया।

—बासमची रायनू पर भी आक्रमण करने की तैयारी कर रहे हैं, इसलिए हथियारबंद आदमी की बात तो अलग, एक कारतूस भी गाँव में भेजना असंभव है।

जिस समय एरगश् अपनी माँग को फिर दोहरा रहा था, उसी समय अध्यक्ष के नौकर ने आकर कहा केन्द्र से बुखारा-जन-पंचायती-प्रजातंत्र के वकील-मुख्तार (अध्यक्ष) का आदमी आया है, वह आपसे एकांत में बात करना चाहता है।

अध्यक्ष ने एरगश् बेदाँत को बाहर बैठने के लिए कहा और वकील-मुख्तार के आदमी को लाने के लिए कहा। आदमी आया और दो-तीन मिनट बात करके दोनों हवेली के बाहर आए। वहाँ अध्यक्ष ने अपने आदमियों से "सब सवार हो जाओ और हमारे साथ चलो, यहाँ निहत्थे दो स्थानीय पियादा पहरे के लिए रहेंगे" कहते हुए स्वयं भी घोड़े पर सवार हो गया। एरगश् ने उसके पास जाकर पूछा—क्या करूँ? मुझे क्या जवाब देते हो?

—तू यहीं ठहर, मैं एक घंटा बाद आ रहा हूँ, फिर तेरे काम के बारे में बात करूँगा कहकर घोड़ा हाँकते हुए रेव्-कम्-खाने से बाहर चला गया। उसके पीछे उसके आदमी भी घोड़े पर सवार होकर रवाना हो गये। अध्यक्ष के चले जाने के आध घंटे बाद पियादा, सवार, निहत्थे और हथियारबंद बासमचियों के एक भारी दल ने आकर रेव्-कम्-खाने को घेर लिया। बासमचियों का कूरबाशी (सरदार) चबूतरे पर आया

और कालीन तथा गद्दा बिछवा कर उस पर अमीर के हाकिमों की तरह पालथी मारकर बैठ गया। उसके अनुचर चबूतरे के नीचे की ओर उसी तरह हाथों को छाती पर रख कर खड़े हुए जिस तरह अमीर के हाकिमों के नौकर रहा करते थे।

–सभी चीजों को जमा करो–कहकर कूरबाशी ने अपने आदमियों को हुक्म दिया।

बासमची मानो अपनी छिपाई चीजों को ही ला रहे थे। उन्होंने जाकर घास-फूस और लकड़ी को हटाकर उसके नीचे से संदूकों, पेटारियों, बँधे गट्ठरों और दूसरी चीजों को एक-एक करके लाकर कूरबाशी के सामने रखा।

कूरबाशी अपने खीसे से कुंजियों का गुच्छा निकालकर अपने आदमी को दे गोदाम के दरवाजे को खोलने के लिए कहा–हर चाभी को ताले में लगाना जिसमें ताले खराब न हों।

कूरबाशी ने अपने सामने के आदमी को संदूकें और दूसरे गट्ठरों को खोलने के लिए कहा। उनके भीतर से जो बंदूकें, तमंचे, कारतूस और तलवारें निकली, उन्हें देखते हुए उसने हाथ के कागज पर नजर दौड़ायी।

एरगश् बेदाँत चकित होकर देख रहा था। इसी समय कूरबाशी की नजर उस पर पड़ी और उसने उससे पूछा–तू कौन है? यहाँ क्या काम करता है।

एरगश् ने जवाब गढ़कर कहा–मैं रेव्-कम् के अध्यक्ष का आदमी हूँ। वह मुझसे ''बेग के आने तक तू यहीं रखवाली करता रह'' कहकर गये हैं।

बहुत अच्छा–कूरबाशी ने कहा–बेग आ गए। अब यहाँ रेव्-कम् के अध्यक्ष के आदमी की पहरेदारी की बिलकुल आवश्यकता नहीं है। अपने हाथ की बंदूक और कारतूसों को इधर ला और खुद अपने स्वामी के पीछे सही-सलामत चला जा।

एरगश् ने बंदूक और कारतूसों को सौंपकर घोड़े के पास जाकर उसे खोलना चाहा। इस पर कूरबाशी ने कहा–घोड़ा हमें चाहिए, तू पियादा, अपने अध्यक्ष के पास चला जा।

X   X   X

एरगश् बेदाँत ने रेव्-कम्-खाने से निकल कर रास्ता लिया। वह जल्दी-से-जल्दी गाँव जाकर इस भयानक खबर को रूज़ीमुराद को देना चाहता था, लेकिन बिना घोड़ा

वह अपनी इच्छा को कार्यरूप में परिणत नहीं कर सकता था। तो भी सारी ताकत लगा कर वह दौड़ने लगा और यदि शीघ्रगामी अश्व की तरह नहीं, तो राह चलते साधारण घोड़े की गति से तो वह अवश्य ही चला। अभी वह आधा रास्ता भी नहीं तै कर पाया था कि थक गया और एक चश्मे के किनारे बैठ कर पानी पीकर आराम करने लगा। चश्मा बह रहा था और उसके नीचे की ओर हरियाली थी। एरगश् वहाँ बैठे-बैठे अपने पैरों को मल रहा था कि इसी समय न जाने कहाँ से एक स्त्री आ गयी। स्त्री जवान थी। उसकी आँखें-भौंह काली, केश लम्बे और मुँह बहुत सुन्दर था। उसके हाथ में एक कूजा (सुराही) था जिससे मालूम पड़ता था कि वह पानी लेने आयी है।

स्त्री चश्मे के नजदीक पहुँची तो उसकी नजर एरगश् पर पड़ी। वह जरा ठमक गयी और शिर पर बँधे रूमाल को मुँह के ऊपर खींचकर उसके एक कोने से झाँक कर एरगश् की ओर जल्दी-जल्दी देखने लगी। एरगश् स्त्री की लज्जा को देख, अपनी आँख को उधर से हटा, अनजान बनकर अपने पैर मलने लगा। स्त्री उसकी शिष्टता को देख हिम्मत करके चश्मे क पास आयी और कूजे को जमीन पर रखकर उसने एरगश् से पूछा–चचा! इधर आसपास किसी बासमची को तो नहीं देखा?

यहाँ नजदीक तो नहीं देखा, लेकिन रायन् को उन्होंने ले लिया।

–खुदा जल्दी इनको तबाह करे और इनके घरों को जलाए। ये लोगों के घरों को जलाते हैं–कहकर स्त्री ने चश्मे पर जाकर कूजा भरा और फिर अँजुली से पानी पिया।

–तुम्हारे गाँव में बासमचियों ने क्या किया?–एरगश् ने पूछा।

स्त्री ने भरे कूजे को चश्मे से बाहर करके किनारे पर रखा और स्वयं खड़ी होकर जवाब दिया–हमारे चल धन और चारपायों को लूटा, स्त्रियों-लड़कियों को बेआबरू किया, विरोध करने वाले दो आदमियों को मार डाला और तीन आदमियों को बंदी बनाकर कूरबाशी के पास ले गए। गाँव के दूसरे मर्द पहाड़ की ओर भाग गए है।

स्त्री ने बात रोककर कूजे को उठा अपने कंधे पर रखा और एक हाथ से कूजे के हत्थे को पकड़कर फिर कहना शुरु किया–एक रात-दिन हो गया। बच्चों ने पानी नहीं पिया, उनके मुँह को सूखा देखकर हजार तरह का भय खाती पानी लेने आयी हूँ।

–लेकिन बहन? क्या घर में कोई मर्द नहीं है कि ऐसे भयानक दिन पानी लेने आयी हो तुम–एरगश् ने पूछा।

—मर्द है, लेकिन वह मुझे और बच्चों को एक गुफा में छिपाकर स्वयं पहाड़ की चोटी पर भाग गया है। हमारे पास एक भेड़ी और एक बकरी थी। उन्हें भी भगोड़े बासमचियों के हाथ से बचाने के लिए अपने साथ ले गया कहते हुए स्त्री चश्मे के किनारे से घाट की ओर होकर बड़े रास्ते पर चल पड़ी।

इसी समय दूर एक सवार दिखायी पड़ा। वह एक प्रौढ़ वयस्क आदमी था। उसका पेट मोटा, कमर में तलवार और पीठ पर बंदूक थी। उसने अपने माथे पर लत्ता बाँध रखा था जो कि बासमचीपन का चिह्न था।

स्त्री ने सवार को देखकर कदम तेज किया, लेकिन सवार ने दो-तीन चाबुक जमाकर घोड़े को दौड़ाते हुए उसके पास पहुँचकर कहा–"ठहर!"

स्त्री पानी भरे कूजे को फेंककर झाड़ियों की ओर भागी। बासमची भी घोड़े से उतरकर उसे एक वृक्ष की डाल से बाँधकर स्त्री के पीछे दौड़ा।

स्त्री जंगल के भीतर हवा की तरह भागी जा रही थी। सवार के हाथ-मुँह छिल गए, पैर थक गए, वस्त्र फट गए तो भी वह दौड़ता ही गया, लेकिन वृक्षों और झाड़ियों के बीच से वह बहुत दूर जा नहीं सका।

बासमची ने देखा कि स्त्री के पास नहीं पहुँच सकता और वह बंदूक की मार से दूर निकली जा रही है। उसने बन्दूक का निशाना लेकर हुक्म दिया–"ठहर!" बासमची की आवाज सुनकर स्त्री और जोर से भागी। बासमची ने बन्दूक दाग दी। स्त्री ने बन्दूक की आवाज सुनकर समझा कि गोली उसे लग गयी और वह चिल्लाकर मुँह के बल गिर पड़ी। बासमची शिकार के हाथ आने की आशा से इतमीनान के साथ कदम रखने लगा।

एरगश् ने चश्मे से उठकर राह चलते हुए इस दृश्य को देखा। उसे बहुत क्रोध आया, लेकिन उसके पास हथियार नहीं था कि बासमची पर आक्रमण कर स्त्री को छुड़ाता। उसके देखते-देखते बेचारी स्त्री बासमची के पंजे में पड़ने जा रही थी, जैसे कि मुर्गा सियार के पंजे में पड़े, लेकिन सिवाय गुस्से से दाँतों से ओठ चबाने के वह और कुछ कर नहीं सकता था। इसी समय एरगश् के दिल में एक विचार आकाशवाणी की तरह आया। उसकी आँखें चमक उठीं और वह "कितना अच्छा हो कि एक जादू से दो काम बनें" कहते हुए घोड़े की तरफ लपका और उसे डाली से खोल, उस पर

सवार होकर, उसे कोड़ा लगाकर चिल्लाया–ओ दोपाये भेड़िये, खबरदार! तेरा घोड़ा हाथ से जा रहा है।

बासमची ने एरगश् की आवाज के साथ घोड़े की टापों की पटपटाहट सुनी। उसने घूमकर देखा कि सचमुच ही उसका घोड़ा जा रहा है। वह स्त्री को वहीं छोड़कर रास्ते की ओर दौड़ा, लेकिन जब तक कौटों और झाड़ियों के बीच से वह अपने मोटे शरीर को निकाले-निकाले तब तक एरगश् बहुत दूर चला गया था। बासमची चिल्लाया "ठहर, नहीं तो गोली मारता हूँ।" एरगश् ने उसके जवाब में घोड़े को दो कोड़े और लगाए और वह पहले से भी ज्यादा दौड़ने लगा। बासमची ने एक के बाद एक गोलियाँ छोड़ीं, जिसने घोड़े के वेग को और बढ़ाने में सहायता की।

एरगश् ने बंदूक की मार से दूर निकल जाने पर एक टेकरी पर पहुँच घोड़े को रोककर पीछे की ओर देखा। बासमची अब भी बंदूक चला रहा था और स्त्री झाड़ियों से निकलकर पहाड़ की ओर भागी जा रही थी।

एरगश् ने गाँव को चारों ओर से बासमचियों से घिरा देखा। सिर्फ सरकंडे वाले कूल की ओर रास्ता खुला था। उसने घोड़े को वहीं छोड़कर सरकंडों के भीतर और कूल के पानी के बीच गाँव का रास्ता लिया और रूज़ीमुराद के पास पहुँच गया।

एरगश् रायन् पहुँचने और रेव्-कम् के अध्यक्ष के साथ बातचीत करने के अलावा दूसरी बातें रूज़ीमुराद से कर ही रहा था कि इसी समय कूल की ओर से एक दूसरा पियादा दौड़ता हुआ रूज़ीमुराद के पास आया। वह पियादा और भी बुरी खबर लेकर आया था। उसने बतलाया कि बुखारा-जनपंचायती-प्रजातंत्र के वकील-मुख्तार ने सोवियत सरकार के साथ विश्वासघात किया है और वह सोवियत सरकार के सभी हथियारों, तंकों और अशर्फियों (तिल्लों) को बासमचियों, सादिक, अन्वरपाशा और इब्राहीम बेक के हाथ में देकर चला गया है। रूज़ीमुराद को यह खबर सुनकर आग लग गयी और उसने कहा–वकील-मुख्तार कौन है?

थोड़ी देर ठहरकर फिर उसने अपने ही प्रश्न का जवाब दिया:

—वकील-मुख्तार तगाय-बच्चा बुखारा का करोड़पति है। वह बुखारा के जदीदों का सरदार था और धोखाधड़ी से उसने बुखारा-जन-सरकार का अधिकार अपने हाथ में ले लिया। मालूम होता है, यह देशघाती पूर्वी-बुखारा को हाथ में लेकर वहाँ बासमचियों को संगठित और शक्ति-संपन्न करने के लिए वकील-मुख्तार बनकर आया था।

रूज़ीमुराद थोड़ी देर चुप रहकर रेव्-कम् के अध्यक्ष के बारे में कहने लगा—हमारे रायन् के रेव्-कम् (क्रान्ति-समिति) का अध्यक्ष भी बुखारा का एक बाय-बच्चा तथा इन्हीं देशद्रोहियों का आज्ञाकारी अनुचर सग-बच्चा (कुत्ते का पुत्र) है।

विशेषकर इन विश्वासघातियों के बारे में सोचते-सोचते रूज़ीमुराद का गुस्सा और बढ़ा। उसने मुट्ठी बाँधकर हाथ को दोनों तरफ हिलाते हुए अपने-आपसे कहना शुरु किया:

—इन विश्वासघातियों से इसके सिवा और किसी चीज की आशा नहीं हो सकती थी। यदि भेड़िया भेड़ का मित्र बन सकता है, सियार मुर्गा का मित्र बन सकता है और बिल्ली कबूतर की मित्र बन सकती है, तो ये भी सोवियत सरकार के दोस्त बन सकते है। अफसोस कि जिंदगी में ऐसा होता नहीं।

रूज़ीमुराद ने अपने-आपसे बात करना छोड़कर ऊँची आवाज में लोगों से कहा:

—साथियों! हमारा कर्तव्य यह है कि इन विश्वासघातियों से सहायता की बिलकुल आशा न रखकर महान् लेनिन और स्तालिन की पार्टी बोलशेविक पार्टी, सोवियत सरकार और महान् रूसी जनता के कमकरों पर भरोसा करें, जनता के दुश्मनों यानी इन बासमचियों और उनके सहायकों से लड़ें और अपने खून की आखिरी बूँद तक लड़ें। यदि हथियार न हो तो मुँह और नाखून से लड़ें। यदि हम इस रास्ते में अपनी जान दे दें, तो हमारे बच्चे, हमारा वर्ग महान् रूसी जनता के कमकरों की सहायता से अपने मनोरथ में अवश्य सफल होगा। साथियों! जब तक जान है, लड़ते चलो, बढ़ते चलो।

—लड़ेंगे, खून की आखिरी बूँद तक लड़ेंगे, हथियार न होने पर दाँत और नाखून से लड़ेंगे लोगों ने एक आवाज से कहा।

रूज़ीमुराद जन-साधारण का बल पाकर पहले से भी अधिक बहादुरी और मजबूती के साथ लड़ाई के काम में दत्तचित्त हुआ।

कारतूसों की बहुत कमी के कारण स्वयंरक्षक दल की हालत बहुत खराब थी। बासमचियों ने मोर्चे को चारों ओर से घेर रखा था। वे खाइयों की तरफ गोलियों की वर्षा कर रहे थे, लेकिन स्वयंरक्षक उनकी सौ गोली पर एक गोली चलाते और वह भी उस समय जब कि बासमची खाई के पास पहुँच जाते।

हथियार या हथियारबंद आदमियों के आने से निराश होकर स्वयंरक्षकों की हालत और भी बुरी थी। अंत में सारे ही कारतूस खत्म हो गए और रूज़ीमुराद के कथनानुसार दाँतों और नाखूनों से लड़ने की नौबत आयी। बासमचियों में जो नजदीक आते, उन्हें वे बंदूक के कुन्दों से मारते और जो कोई उनके हाथ में आता, उसे पंजों से पकड़ कर दाँतों से चीरते या कुदाल-कुल्हाड़ी का इस्तेमाल करते। धीरे-धीरे रूज़ीमुराद के साथियों की संख्या भी कम हो गयी। मुट्ठीभर आदमी रह जाने पर वह और भी बहादुरी से लड़ते रहे। अन्त में खंदक में रूज़ीमुराद के साथ एरगश् बेदाँत रह गया, लेकिन दोनों शेर की तरह लड़ते एक-दूसरे की सहायता करते; जो भी बासमची सामने आता, उसे जीता न छोड़ते।

इसी समय बासमचियों के सरदार ने अपने यिगितों (बहादुरों) को ललकार कर कहा– बाकी बचे आदमियों को जिन्दा पकड़ लाओ। कूबकारी (बकरी-नोच घोड़दौड) करेंगे।

बासमची हुक्म को सुनते ही रूज़ीमुराद और एरगश् पर चारों ओर से तीर की तरह टूट पड़े, लेकिन रूज़ीमुराद "बोलशेविक जिन्दा दुश्मन के हाथ में नहीं पड़ता" कहते एरगश् के साथ पीठ-से-पीठ मिलाए आनेवाले बासमची की खोपड़ी से खोपड़ी लड़ाता और शेर की भाँति मुर्दे को अपने से दूर फेंक देता। बासमचियों ने देखा कि उन्हें जिन्दा नहीं पकड़ा जा सकता, इसलिए उन्होंने चारों ओर से गोलियाँ चलायीं। पहिली गोली एरगश् की छाती में लगी और वह गिर पड़ा।

अब रूज़ीमुराद अकेला था और कुछ गोलियों के लगने से सुस्त हो गया थाः लेकिन दीवार से पीठ लगाए वह अभी खड़ा था और उसके शरीर से खून निकलकर कपड़े को रंग रहा था। बासमची की तलवार ने उसके शिर को फाड़ दिया। वह जमीन पर गिर पड़ा। जमीन पर गिरने के बाद भी गोलियाँ चलती रहीं और रूज़ीमुराद के शरीर में सिर से पैर तक छेद ही छेद हो गए। खंदक में जो भी घायल संरक्षक मिला, सबको बासमचियों ने गोली मार-मार कर खत्म कर दिया।

X   X   X

बासमची अस्थायी रूप से विजयी हुए और विजयमद से उन्मत्त होकर पागल बन गए। उन्होंने गाँव में पहरेदार रखे बिना लूट शुरू की। गाँव के जानदार या बेजान सारे माल लूट लिए। बीमार-बूढ़े, स्त्री-बच्चे जो युद्ध में शामिल न होकर घर में थे, उन्हें भी लाकर मैदान में जमा किया और पहरा बैठा दिया। गाँव में न कोई आदमी रह गया, न कोई माल। बासमचियों ने घर में आग लगा दी। सारा गाँव जलने लगा और निरपराधों की आह के साथ आग की ज्वाला और धुआँ आसमान तक पहुँचने लगा।

बासमची गाँव के काम से छुट्टी पाकर बंदियों के पास जमा हुए। उन्होंने सुन्दर स्त्रियों और लड़कियों को अलग करके एक तरफ रखा और बूढ़े-बूढ़ियों और अपने लिए बेकार की औरतों को खड़ा करके गोली मार दी। बाकी कितने को ही बकरी की तरह कूबकारी करने के लिए अलग कर दिया।

बासमचियों ने कूबकारी करने के लिए एक आदमी को बीच में रखा और उसे खीच ले जाने के लिए घोड़दौड़ शुरू करना चाहते थे कि दूर से सवारों का झुंड आता दिखायी पड़ा। बासमचियों ने आगंतुकों को अपने दल का समझा और उन्हें अपनी विजय का परिचय देने के लिए बड़े शौक से कूबकारी शुरु की। अधमरे बंदी के ऊपर सवार टूट पड़े। एक ने पैर, दूसरे ने हाथ, तीसरे ने गर्दन और चौथे ने कमर पकड़कर अपनी-अपनी तरफ खींचना शुरु किया। जो दूर थे, वह भी घोड़े को कोड़ा लगा कर सिर के पास आकर पकड़कर खींचने लगे। हर आदमी बंदी के शरीर को झुण्ड से बाहर ले जाकर आनेवाले बासमचियों के सामने भेट के तौर पर पेश करना चाहता था। इसी समय मुर्दे पर कौवों की तरह भिड़े बासमचियों को मशीनगन की त्र–त्र–त्र की आवाज सुनायी दी और भागने से पहले ही वे सब डाली हिलाए तूत की तरह जमीन पर गिर पड़े।

जिन्दा बचे बासमचियों को आनेवालों के बासमची होने का पता तब लगा जबकि उनके भागने का कोई रास्ता न रह गया।

आगुन्तकों ने दौड़ा–दौड़ी उन्हें चारों ओर से घेरकर उन पर मशीनगनों और बंदूकों से गोली बरसानी शुरु की। अन्त में बासमची अपने घोड़ों को छोड़कर रूज़ीमुराद की बनायी खाइयों में जा छिपे और वहाँ से लड़ने लगे, लेकिन आगन्तुक खाइयों के पार न जाकर दूर से हथबम फेंकने लगे। धूल और धुआँ बवंडर की तरह जगह-जगह उठने लगा जिसमें जहाँ-तहाँ बासमचियों के हाथ और पैर आकाश में उडकर गिर रहे थे।

एक घंटे की लड़ाई के बाद बहुत ही कम बासमची भागकर जान बचाने में सफल हुए। अधिकांश को उनके किए की सजा मिली।

आगन्तुक सीमान्तपाल कम्सोमोलो में से थे। जब उन्हें गाँव में बासमचियों के आक्रमण का पता लगा, तो वे सेम्योन सेम्योनोविच नामक कम्सोमोल के नेतृत्व में एक दल बनाकर गाँव के लोगों की सहायता के लिए दौड़ पड़े।

कम्सोमोल-अधिकारियों ने बासमचियों को सफा करने के बाद बीमारों और घायलों को सीमान्त के अस्पताल में भेजा। बासमचियों के हाथ से सही-सलामत छूटी स्त्रियों-लड़कियों के लिए सीमान्त पर गद्दा तकिया-सिलाई का एक अतेल (सहयोगी कारखाना) खोला और बूढ़ों–बूढ़ियों के लिए रहने, खाने-पीने का इन्तजाम कियाः अल्पवयस्क बच्चों की परवरिश और शिक्षा-दीक्षा के लिए कम्सोमोल संस्था के अधीन एक बालशाला भी खोली।

उसी दिन जो बच्चे बासमचियों के हाथ से छुड़ाकर नव-स्थापित बालशाला में रखे गए, इनमें रूज़ीमुराद का पुत्र कुर्बान भी था जिसे अनाथ "अका कुर्बान" (भाई कुर्बान) कहता था। अब इसी बालशाला में अनाथ भी भरती हुआ।

यह बालशाला एक अन्तर्जातीय बालशाला थी जिसमें जहाँ ताजिक, उज्बेक, क़ज़ाक़, तुर्कमान-जैसी स्थानीय जातियों के बच्चे थे, वहीं साथ ही रूसी, उकइनी, पोल और लतिश जैसी यूरोपीय जातियों के भी बच्चे रहते थे। अधिकांश बच्चे स्थानीय जाति के थे और इनमें भी अधिकतर वे बच्चे थे जिनके माँ-बाप को बासमचियों ने मार डाला था।

स्थानीय बच्चों में नारबीबिश नाम की लड़की का अनाथ के साथ विशेष स्नेह था। वह आयु में अनाथ के बराबर होते हुए भी कद में अधिक छोटी और शरीर में अधिक दुर्बल थी। वह अपने काले कटे घुँघराले बालों, कुलचा की भाँति गोल गेहुए रंग के मुख और चमकीली काली आँखों से हर किसी की दृष्टि को अपनी तरफ

आकृष्ट करती थी। उसके मुँह पर दो-तीन तिल थे जिनमें उसकी सुन्दरता को कोई हानि नहीं हुई थी, बल्कि वह स्वच्छ सुवर्ण के ऊपर खुदे फूलकारी के दाग की तरह और भी शोभावर्द्धक थे। लड़की के और दूसरे खास चिह्नों में उसके कंधे के बीच, बालों के नीचे एक मटमैले रंग की रेखा थी। गर्दन के पीछे और बालों के नीचे होने से यह रेखा हर किसी को दिखलाई नहीं पड़ती थी। अगर यह रेखा किसी को दिखलायी पड़ती, तो लड़की का सौन्दर्य उसकी दृष्टि में और बढ़ जाता, क्योंकि यह सफेद गर्दन के ऊपर खीची काली रेखा रौप्य स्तंभ पर अंकित अंजन-रेखा-सी प्रतीत होती थी।

लड़की बालशाला में बड़ों से छोटों, अध्यापिकाओं से नौकरानियों तक और वहाँ के सभी बच्चों में सर्वप्रिय थी। क्या खेलने की और क्या खाने की सभी जगह लोग उसका विशेष ध्यान रखते थे।

उसके इतना सर्वप्रिय होने का कारण केवल उसका सौन्दर्य नहीं था, बल्कि उसकी जीवन-घटना थी। उस बच्ची की जीवन-घटना ऐसी मार्मिक थी कि हर सुनने वाला रोने लगता। उसी जीवन-घटना के कारण वह बहुत मितभाषिणी, विनम्र और गंभीर रहा करती थी। वह किसी को अपनी जीवन-घटना नहीं सुनाती, लेकिन बालशाला में उसे सभी ने एक रूसी अध्यापिका के मुँह से सुना और एक मुँह से दूसरे मुँह होते-करते उसे सभी जान गए।

नरबीबिश का स्नेह सब बच्चों से अधिक अनाथ के साथ था। बालशाला में उसका कमरा अनाथ के कमरे से दूर था, तो भी खेलने के वक्त वह अधिकतर अनाथ के साथ खेला करती, खाने की मेज पर अनाथ की बगल में बैठा करती और विद्या संबंधी पर्यटनों में उसके साथ चलती।

वह अनाथ से कुछ साल पहले बालशाला में आयी थी, इसलिए लिखना पढ़ना अधिक जानती थी और अनाथ को भी पढ़ने में सहायता देती थी। पढ़ाई खत्म होते ही अनाथ नारबीबिश के पास दौड़ता और न-समझे पाठों को उससे समझता।

नारबीबिश को अनाथ की जीवनी ने बहुत प्रभावित किया था। उसने उसी के मुख से सब सुना था।

जिस समय अनाथ ने माँ से अलग होने के दृश्य का वर्णन किया, नारबीबिश ने एक लम्बी आह खींचकर कहा–अफसोस, मेरी माँ नहीं है। और मेरी माँ कौन थी, मैं यह भी नहीं जानती।

–बाप तो है?–अनाथ ने पूछा।

–ने, बाप भी नहीं है और बाप कैसा था, यह भी नहीं जानती।

उसने नारबीबिश के मुँह से जो दो-चार बातें सुनीं, उन्होंने भुक्तभोगी अनाथ के दिल को बहुत आर्द्र कर दिया। वह रोने-रोने-सा हो गया, लेकिन बालशाला में जो सुख और सौभाग्य उसे देखने को मिल रहा था, उसके कारण उसने अपने ऊपर संयम किया और आगे चलकर इसी ने उसे पुराने दुःखपूर्ण जीवन को धीरे-धीरे भुलाने में सहायता दी।

इतना होने पर भी अनाथ नारबीबिश की जीवन-घटना के जानने के लोभ का संवरण न कर सका और कितनी ही बातें उसने जान लीं। अनाथ की जीवन-घटना के सुनने के बाद नारबीबिश ने भी अपना मुँह खोला।

X   X   X

बुखारा-तिर्मिज की रेलवे लाइन पर तिर्मिज के नजदीक एक स्टेशन पर इवान इवानोविच समस्क्री नामक एक पहरेदार रहता था। उसके परिवार में बीवी, दो आठ और दस साल के लड़के और एक छह साल की लड़की थी। इवान की जिंदगी अच्छी चल रही थी। उसने अपने कराबुलखाने (पुलिस चौकी) के सामने एक फुलवाड़ी लगा रखी थी जिसमें वह आलू, करम, टमाटर जैसी तरकारियाँ तथा मक्का और सूर्यमुखी जैसी अनाज और तेलवाली फसले बोया करता था। इसके अतिरिक्त उसके पास एक अच्छी दुधार गाय थी जो परिवार के खाने के लिए घी-दूध जरूरत से अधिक देती थी।

लेकिन इवान का सुखी जीवन बहुत दिनों तक नहीं चल पाया। 1918 में अमीरी प्रतिक्रियावादियों ने उसके परिवार को नष्ट कर दिया। 1918 में कोलिसोफ के नेतृत्व में जब बुखारा की जनता की मदद के लिए बोलशेविक आए, उस समय अमीर बुखारा ने अपने राज्य की सभी रेल-सड़कों को नष्ट कर दिया और जो भी रेलवे कमकर हाथ आया, उसी को बाल-बच्चों के साथ मार डाला।

इन्हीं दिनों अमीर के बर्बर आदमियों ने इवान के करावुलखाने पर आक्रमण किया, करावुलखाने को जला दिया, इवान को बंदी बनाया और उसे बीवी बच्चों के साथ दूसरे करावुलखाने में ले गए। वहाँ दूसरी जगहों से भी बहुत से कमकर पकड़कर

लाये गए थे जिनमें रूसी, ताजिक, उज़्बेक, तातार, क़ज़ाक़ और तुर्कमान भी थे। इन कमकरों के साथ उनके बीवी-बच्चे भी थे।

अमीर के आदमियों ने रेलमार्ग नष्ट करने, रेल के लोहों को दूर फेंकने और गोमटियों और चौकियों को जलाने के बाद बंदियों को मारना शुरू किया। उन्होंने कमकरों और उनके स्त्री-बच्चों को एक जगह जमाकर शमशीरों, खंजरों, छुरों और भालों से मार डाला। वहाँ जो लोग मारे नहीं गए थे, उनमें से एक इवान की स्त्री मरिया भी थी। जिस समय इन बर्बर सैनिकों ने करावुलखाने को घेरा, उस समय मरिया अपनी गाय को लिए करावुलखाने से दूर चराने गयी थी। उसने एक चरवाहे लड़के से रेल-पथ के नष्ट होने की बात दोपहर को सुनी और अपनी गाय को वहाँ चरने के लिए छोड़कर करावुलखाने गयी, लेकिन न वहाँ करावुलखाना था, न उसका अपना घर; सभी चीज़ें जल चुकी थीं और अब भी धुआँ और ज्वाला निकल रही थी। मरिया इस दृश्य को देखकर पागल-सी हो गयी। वह अपने पति और बच्चों को ढूँढ़ने लगी, किन्तु उनका कोई पता नहीं लगा। उसने लकड़ी लेकर आग को खोदकर देखा, लेकिन उनमें से जले आदमी की हड्डी या कोई दूसरी चीज नहीं मिली। मरिया वहाँ से दूसरे करावुलखाने की ओर गयी जहाँ से धुआँ और आग की ज्वाला निकलती दिखलाई पड़ रही थी। करावुलखाने के पास जाने पर उसे बड़ा ही हृदयद्रावक दृश्य देखने को मिला। वहाँ कमकरों और उनके बीवी-बच्चों के ढेर-के-ढेर मुर्दे पड़े हुए थे। यह देखकर उसका होश उड़ गया। फिर कुछ धीरज धरकर उसने मुर्दों को हटाकर देखना शुरु किया कि शायद पति और बच्चों के बारे में कुछ मालूम हो सके। दुर्भाग्य! वहाँ उसने अपने पति और बच्चों के तलवार से कटे शव देखे।

मरिया यह दृश्य देखकर बेहोश हो गयी। होश में आने पर उसने अपने पति और बच्चों के मुर्दों को खींचकर अलग करके दफनाने के बारे में कुछ करना चाहा। बच्चों के शवों में एक लड़की का शरीर मिला जो अभी भी जिन्दा थी। लड़की की उमर तीन साल के करीब थी। उसकी गर्दन के पीछे तलवार लगी थी और अब भी घाव से खून बह रहा था। लेकिन बच्ची जिन्दा थी, बेहोश थी, किन्तु कभी-कभी हिलती-डुलती थी। मरिया ने अपने बच्चों के भीतर इस बच्ची को देखकर सोचा कि पति और

बच्चों के मुर्दों को दफनाने से इस बच्ची के जीवन की रक्षा अधिक आवश्यक है। वह अपने-आपसे बोली:

—वे मर गए, और खतम हो गए। उन्हें आज या एक दिन बाद दफनाने में कोई अन्तर नहीं, लेकिन यदि जल्दी कोई उपाय न किया, तो यह बच्ची मर जाएगी।

यही विचार कर मरिया ने बच्ची को मुर्दों के भीतर से उठा लिया और अपने सिर के रूमाल से उसकी गर्दन पर पट्टी बाँध दी। लेकिन यह तात्कालिक सहायता थी। बच्ची की जान बचाने के लिए किसी डाक्टर की आवश्यकता थी। यदि यह भी नहीं तो तात्कालिक मरहम-पट्टी वाले स्थान में ले जाने की जरूरत तो थी, लेकिन डाक्टर या मरहम-पट्टी करने वाले तिर्मिज स्टेशन पर ही मिल सकते थे। उसे यह भी नहीं मालूम था कि तिर्मिज की अवस्था क्या है। शायद वहाँ भी अमीरी सैनिकों ने अपनी राक्षसी लीला दिखा दी। मरिया ने सोचा—"तिर्मिज-की हालत जाने बिना वहाँ जाना अपने और बच्ची, दोनों के लिए अच्छा नहीं है," लेकिन वह यह भी सोचती थी कि लड़की के घाव को ठीक करने के लिए कहीं न कहीं तो जाना ही चाहिए।

इसी समय मरिया के दिल में किसी आदमी का ख़याल आया और वह घायल बच्ची को उठाये गाँव की ओर दौड़ी। वह गाँव रेल से बहुत दूर नहीं था। उस गाँव में उसकी एक परिचित स्त्री थी जिसका पति मरिया के पति की तरह रेलवे पुलिस में काम करता था। वह पहले भी कई बार उस स्त्री के पास जा चुकी थी। स्त्री का पति दो साल पहले मर चुका था, लेकिन मरिया का आना-जाना अभी बंद नहीं हुआ था।

मरिया बच्ची को उठाए दौड़ी-दौड़ी उस स्त्री के घर गयी।

स्त्री ने स्थानीय (देशी) ढंग से बच्ची की चिकित्सा की ओर नम्दे को जलाकर उसकी राख को घाव में भरकर लत्ते से बाँध दिया। उसके बाद लेई पकाकर उसे थोड़ा-थोड़ा बच्ची के गले से नीचे उतारा। एक घड़ी बाद बच्ची ने आँखें खोलीं और बात करने लगी। उसने पहला शब्द "आचा!" (माँ) कहा जो कि स्थानीय (उज्बेक) भाषा का शब्द था, उससे पता लगा कि वह किसी स्थानीय कमकर की पुत्री है।

लड़की ने अपने आसपास माँ को न देखकर रोना शुरु किया। मरिया और उसकी परिचिता ने बच्ची को बहुत चुप करने की कोशिश की, लेकिन सफल न हुई। बच्ची के शरीर से बहुत खून निकल गया था, इसलिए थोड़ी देर रोने के बाद कमजोरी ने उसे

फिर बेहोश कर दिया। रोने के कारण घाव का मुँह फिर खुल गया था, इसलिए फिर खून निकलने लगा। स्त्री ने दुबारा नम्दे को जलाकर, राख भरकर पट्टी बाँधी और फिर बिस्तरे पर सुला दिया। अबकी बच्ची आराम से सो गयी।

X   X   X

बच्ची को सुलाकर स्त्री तिर्मिज की खबर लेने के लिए गाँव में गयी और कुछ देर बाद लौटकर उसने बतलाया कि तिर्मिज स्टेशन सही सलामत है। आज ही अंडे बेचने के लिए वहाँ गए एक किसान से यह पता लगा। यह किसान तिर्मिज में ही था जबकि अमीर के आदमियों ने स्टेशन बर्बाद करने के लिए आक्रमण किया, लेकिन हथियारबंद कमकरों ने मुकाबिला किया और आक्रमणकारियों को अपने कुछ आदमियों को मरवाकर भागने के सिवा और कुछ हाथ न लगा।

मरिया को यह खबर सूर्यास्त के समय मिली। उस समय जाना उसने ठीक नहीं समझा। रात का समय अपने पति और बच्चों के शोक में जैसे-तैसे बिताकर प्रातःकाल सूर्योदय से पहले ही वह तिर्मिज की ओर दौड़ी।

मरिया जब तिर्मिज पहुँची, उस समय वहाँ हथियारबंद कमकर मुर्दों को दफनाने जा रहे थे। वह भी उनके साथ हो गयी और उसके पति और बच्चों की लाशें भी दफना दी गयीं।

रेलवे कमकरों की सहायता से मरिया को रहने का स्थान और काम भी मिल गया और वह बच्ची को लाने गाँव गयी। अभी बच्ची खतरे से बाहर नहीं थी, लेकिन आराम से सोती थी। उसे भूख भी लगती थी और वह धीरे-धीरे चलती तथा खेलने की इच्छा प्रकट करती थी। जब तक बच्ची में बल नहीं आ गया और वह खतरे से बाहर नहीं हो गयी, तब तक मरिया गाँव मे रही। जब घाव का मुँह बन्द हो गया और लत्ता भी हटा दिया गया, तब मरिया बच्ची को तिर्मिज ले आयी। जिस वक्त मरिया विदा होने लगी, उसने अपनी परिचिता स्त्री से बच्ची के लिए एक स्थानीय भाषा का नाम चुनने को कहा:

—मेरी भी एक बच्ची थी। उसके मुँह पर एक लाल दाग था। इसलिए मैंने उसका नाम नारबीबिश रख दिया था। वह बच्ची बाप के सामने ही मर गयी। अब मैं उसकी स्मृति में इस बच्ची का नाम नारबीबिश रखना चाहती हूँ।

अनाथ | 117

मरिया ने उस नाम को पसन्द किया।

X   X   X

जब तक बुखारा-तिर्मिज की रेलवे-लाइन तैयार न हो गयी, तब तक मरिया तिर्मिज में रहकर बच्ची का पालन-पोषण करती रही। बुखारा क्रान्ति और अमीर के भागने के बाद वह उसी चौकी में काम करने लगी जिसमें उसका पति रहता था।

नारबीबिश आठ साल की हो गयी। पति और बच्चों का वियोग मरिया को बहुत सताने लगा और उसने अपने बन्धुओं के साथ समारा (कुय्विशेफ) जाना चाहा, लेकिन नारबीबिश की शिक्षा-दीक्षा की दिक्कत समझकर उसने उसे अपने साथ ले जाना ठीक नहीं समझा और आमू-तट पर अवस्थित बालशाला में भर्ती कराकर अपना रास्ता लिया।

नारबीबिश की गर्दन पर जो काली रेखा दिखलायी पड़ती थी, वह उसी नम्दे की राख के कारण थी जिसे तलवार के घाव में भरा गया था।

7

अनाथ ने चार साल बालशाला में शिक्षा पायी और लिखने-पढ़ने में सात वर्ष की पढ़ायी जितनी योग्यता प्राप्त की। कक्षा में पढ़ाये जानेवाले विषयों के अतिरिक्त वह विशेष तौर से और कुछ भी जानने की कोशिश करता रहा। लिखना-पढ़ना सीख जाने के बाद पाठ्य पुस्तकों के बाहर की चीजों के पढ़ने में नारबीबिश उसकी सहायता करती थी। उसके ज्ञान की सीमा और बढ़ाने में कुर्बान ने भी मदद की। कुर्बान एक कम्सोमोल दल का नायक था वही कम्सोमोल दल जिसने कुर्बान-जैसे बच्चों को बासमचियों के हाथ से मुक्त किया था।

इस समय सेम्योन सेम्योनविच् पार्टी मेम्बर होने वाला था। वह सीमान्तपालों के भीतर कम्सोमोल संगठन का नेतृत्व करता था और बालशाला के बच्चों को अन्तर्राष्ट्रीयता तथा साम्यवाद की शिक्षा देकर कम्सोमोल बनने लायक बनाता था।

सेम्योन सेम्योनविच् एक पीले रंग का जवान था। उसकी आँखे सुनहली थीं। वह बहुत मधुरभाषी लेकिन एकबोला था। अपनी सारी शक्ति और सहायता से जनहित के कार्यों को करता और वैयक्तिक कामों को भी उसी दृष्टि से पूरा करता था। वह कोशिश करता था कि हर जवान सच्चे कम्युनिस्टों का उत्तराधिकारी बने।

सेम्योन सेम्योनविद् को उसके समवयस्क तथा बड़े-छोटे सभी ''सीना'' कहते थे, स्थानीय भाषा में जिसका अर्थ छाती है। उसके बारे में कहा करते थे, ''वस्तुतः यह जवान आदमी का सीना है जिसके भीतर दिल अवस्थित है या वह स्तनाग्र है, जोकि अल्प-वयस्कों को ''क्षीर'' देकर उन्हें बढ़ाता है।''

अनाथ ने अपना साधारण ज्ञान और राजनीतिक शिक्षा अधिकतर बना दिया था।

X   X   X

लिखना–पढ़ना और राजनीतिक शिक्षा-जैसी बौद्धिक और आत्मिक शिक्षाओं के साथ–साथ अनाथ व्यायाम और खेलों में भी बड़ी रुचि रखता था। नाव चलाना और गुप्सर-सवारी उसने पहले ही सीख ली थी। उसने अब ऐसे कामों में और भी अभ्यास बढ़ाया जिसमें एक था पानी के भीतर मछली की तरह चलना। वह नाव और गुप्सर अक्सर नदी में चला सकता और धार के विरुद्ध भी तैर सकता था। साथ ही बहती धारा के भीतर डूबकर हर तरफ चल सकता था।

अनाथ ने जल क्रीड़ा के अतिरिक्त सैनिक शिक्षा भी प्राप्त की और बंदूक चलाना, घोड़ा दौड़ाना, तलवार चलाना और हथबम फेंकना अच्छी तरह सीखा। सैनिक शिक्षा में उसे यूरी सेंचिकोफ नामक जवान ने सहायता दी। यूरी सेंचिकोफ़ एक घोड़सवार कम्पनी का कमांडर था और साथ ही कम्पनी के कम्सोमोल संगठन का सेक्रेटरी भी। उसकी बहादुरी, चतुराई और समाजवादी भूमि के प्रेम के कारण लोग उससे बहुत प्रेम करते थे। देशरक्षा और समाजवादी निर्माण में लगे लोगों की जीवन-रक्षा के लिए वह सदा अपना जीवन अर्पण करने के लिए तैयार रहता था।

वह सदा बड़े लड़कों को अपने साथ लेकर उन्हें सैनिक शिक्षा देता और कोशिश करता कि उसके सारे सुगुण उनके भीतर भी आ जायें।

यूरो सेंचिकोफ़ बासमचियों की लड़ाइयों में सदा आगे-आगे रहता। जब देश में शान्ति स्थापित हो गयी, तो वह अपना समय सीमान्तपालों में बिताने लगा और सीमान्त-रक्षा के काम में उनकी सहायता करने लगा। इसी समय वह बालशाला के

सयाने लड़कों को सैनिक शिक्षा भी देता। अनाथ ने भी उसी से सैनिक शिक्षा पायी और व्यवहार की कितनी ही सूक्ष्म बातें सीखीं।

X   X   X

अनाथ अठारह साल का हुआ। उसने कम्सोमोल बनने के लिए आवेदन-पत्र दिया। उस समय सीमान्तपाल कम्सोमोल समिति का सेक्रेटरी "सीना" था। अनाथ का आवेदन-पत्र कम्सोमोल-समिति के ब्यूरो के सामने पेश हुआ। सीना ने उससे पूछा:

—तू क्यों कम्सोमोल बनना चाहता है?

—कम्सोमोल बनने का मेरा अभिप्राय यह है कि समाजवादी निर्माण में और भी दृढ़ता के साथ काम करें, देश को साम्यवाद की ओर ले चलूँ, इस काम में बाधा डालने वाले जनता के शत्रुओं का मुकाबिला करूँ और इस तरह लेनिन-स्तालिन का पुत्र बनकर कम्युनिस्टों का सच्चा उत्तराधिकारी होने की योग्यता प्राप्त करूँ—अनाथ ने कुछ और भी कहा—मैं सबसे पहले सीमान्तपाल बनना चाहता हूँ और बाहरी गुप्तचरों, बासमचियों—जोकि बाहरी और भीतरी दुश्मन हैं—तथा इनके हामियों से हाथ में बंदूक लेकर लड़ना चाहता हूँ।

बासमचियों और जासूसों से लड़ने की इच्छा अनाथ की पूरी हुई। उस समय बासमचियों के बड़े गिरोह देश के भीतर नहीं रह गये थे। उनकी छोटी-छोटी टोलियाँ थीं जो भगोड़े बासमचियों, अमीर तथा विदेशी जासूसों से सम्बन्ध जोड़कर सोवियत भूमि में ध्वंस का काम कर रही थीं। इनके नाश करने में सीमान्तपालों ने बहुत काम किया।

अनाथ इस तरह कम्सोमोल बना और साथ ही सीमान्तपाल भी।

8

1931 का बसन्त था। बासमचियों का कूरबाशी इब्राहीम बेक अफगानिस्तान भाग गया था। वह फिर छिपकर सरहद पार हो सोवियत ताजिकिस्तान में लूटपाट

करने लगा। लाल सेना और लाल गोरिल्लों के साथ सम्मुख लड़ने की हिम्मत नहीं रखता था, लेकिन अकेले-दुकेले जो गरीब-किसान हाथ लगता, उसे मार डालता, स्त्रियों-लड़कियों को बेआबरू करता, कलखोजों के गोदामों और कोआपरेटिव दूकानों तथा उनके पहरेदारों को मारता।

लेकिन सारे मेहनतकश उसके विरुद्ध खड़े हुए थे। ताजिकिस्तान तथा पड़ोसी उज्बेकिस्तान के रायनों में मेहनतकशों तथा कलखोजचियों ने लाल भालेदार-दल कायम किए थे। वे इब्राहीम बेक के पीछे पड़े हुए थे, लेकिन इब्राहीम बेक साँप-बिच्छू की तरह सदा पर्वत-छिद्रों और ऊँची चोटियों में भागता फिर रहा था। उसका सोवियत देश के भीतर कोई सहारा नहीं था, लेकिन उसके विदेश-स्थित मालिक छिपकर उसके पास हथियार और सहायक भेजा करते थे।

इसी वजह से उस साल सीमान्तपालों का काम ज्यादा और अधिक जवाबदेह बन गया था। वे हर वक्त नींद छोड़कर रोम-रोम को आँख बनाए सीमान्त की देखभाल करते थे। इस काम में अनाथ, कुर्बान, निकितिन और नवरोज भी लगे थे। उनके दल का नेता सेम्योन् सेम्योनोविच था। ये लोग रात-दिन बिना सोचे एक शर-वन से दूसरे शर-वन, एक दलदल से दूसरे दलदल की ओर दौड़ते रहते और कानून-विरुद्ध सीमा पार करनेवालों तथा बासमचियों से लड़ते।

यूरी सेंचिकोफ़ कभी-कभी रायनों में जाकर बासमचियों से लड़ता और कभी सीमान्त पर आकर अनाथ और सीमा के कामों में मदद करता; जहाँ-कहीं भी समाजवादी मातृभूमि की रक्षा की बात आती, वहाँ यूरी मौजूद रहता।

X   X   X

इधर सेम्योन् के दल में एक लड़की शामिल हुई। लड़की की उम्र 18 साल की थीः लेकिन वीरता और चतुराई में 25 साला बहादुरों का मुकाबिला कर सकती थी। उसकी आँखे मेष-जैसी, चेहरा सफेद, बाल भूरे कद, मझोला और बदन भरा हुआ था। उसके भूरे बाल काली भौंहों के ऊपर पड़े दर्शक के नेत्रों और हृदय को बाँध लेते थे। हर आदमी उस लड़की से बात और हँसी-मजाक करना चाहता था, लेकिन वह हर तरह के मजाक और किसी तरह के खेल को पसन्द नहीं करती थी। न जाने क्यों, सदा उसके दिल में एक करुणा-वेदना दिखलायी पड़ती थी जोकि किसी सोवियत जवान

में दिखलायी नहीं पड़ती थी। उसके साथी उसे सदा प्रसन्न रखने की कोशिश करते, वेदनाभिभूत होने के समय उसके दिल बहलाव का प्रबन्ध करते और चित्र-विचित्र कहानियाँ कहते-सुनते, लेकिन इनका उस पर कोई असर नहीं पड़ता। वह मदमस्त आदमी की तरह हर चीज को बेपरवाही से देखती, लेकिन जिस वक्त सीमान्तपालन सम्बन्धी कोई काम होता, वह सबसे पहले मैदान में कूदती और सबसे अधिक खतरे की जगह जा खड़ी होती। इस काम में वह कमांडर की आज्ञा की प्रतीक्षा नहीं करती। उसे इसके लिए सावधान किया गया, सैनिक दंड भी दिया गया, लेकिन जैसे ही वैसा अवसर फिर आया, वह फिर सारी बातों को भूल गयी।

यह लड़की 15 अप्रैल, 1931 को ताशकन्द से बिना छुट्टी लिए ही अपने स्कूल को छोड़कर सीमा पर चली आयी और सीमान्तपाल का काम करने लगी।

स्कूल छोड़ने की बात इस तरह हुई। ताशकन्द के टेक्निकल स्कूल में पढ़ाई के बाद 12 बजे बीस मिनट के लिए क्लास से छुट्टी मिली। लड़के जल्दी पहुँचकर चाय पीने के लिए एक-दूसरे को धक्का देते लघु-भोजनशाला (बूफेत्) की ओर दौड़े। इसी समय स्कूल की विश्रामशाला में डाकिया आया। ताशकन्द से दूर जिनके बन्धु-बांधव रहते थे, वे बुफेत् छोड़कर डाकिये की तरफ दौड़े। विद्यार्थियों ने डाकिये को चिट्ठी का पता पढ़-पढ़ के देने का भी मौका नहीं दिया और उसे चारों ओर घेरकर पूछने लगे "मेरा पत्र है? क्या आज भी मेरे लिए पत्र नहीं लाए? बहुत समय से घर से कोई पत्र नहीं मिला।"

विद्यार्थियों के बीच एक लड़की थी जो बिना बोले-बाले कुछ सोचती हुई चुप खड़ी थी। डाकिये ने चिट्ठी का पता पढ़कर पूछा—नताशा सेंचिकोवा कौन है?

"मैं हूँ" कहते हुए लड़की ने डाकिये के पास जाकर अपने सुन्दर माँसल हाथ को बढ़ाया।

माँसल और बलिष्ठ होते हुए भी लड़की का हाथ तब तक काँपता रहा जब तक कि लिफाफा उसके हाथ में नहीं आ गया और उसने उसे पढ़ना नहीं शुरू किया। लड़की ने लिफाफे को पढ़ा। शरीर को आराम हुआ। उसके कलिका सदृश अधर अर्धमुकुलित हो गए। उसने जरा-सी संतोष की साँस लेकर अपने आपसे कहा :

—धन्यवाद, अच्छा हुआ, पत्र अपने ही नाम का आया—और किनारे एक बेंच पर उसने लिफाफा खोलकर पत्र पढ़ना शुरू किया।

लिफाफे के एक कोने में तिकोनी सैनिक मुहर थी जिसके कारण पत्र बिना टिकट के आया था। लड़की ने एक बार फिर लिफाफे पर नजर दौड़ायी और फाड़कर उसके भीतर से पत्र निकाला। पत्र पेंसिल से जल्दी-जल्दी लिखा गया था, इसलिए पढ़ने में दिक्कत हो रही थी। लड़की को इस तरह के अक्षरों को देखकर कुछ चिन्ता हुई। इसलिए उसने पहिले पत्र के अंतिम अंश को पढ़कर सन्तोष के साथ कहा–"अपना ही हस्ताक्षर"–फिर उसने पत्र पढ़ना शुरु किया। पत्र रूसी भाषा में था। जिनमें लिखा था :

मेरी प्यारी नताशा!

मैं जानता हूँ कि इस पत्र को पढ़कर तुझे बड़ा दुःख और चिन्ता होगी, लेकिन मुझे आशा है, तू हर दुःख को एक बोलशेविक की तरह सहन करेगी।

मैं इस पत्र को ऐसे समय लिख रहा हूँ जबकि मुझे चारों तरफ से भेड़ियों के एक बड़े झुंड अर्थात् बासमचियों की बड़ी संख्या ने घेर लिया है। मेरा जीवन कुछ मिनटों से अधिक का नहीं है और में अपने कर्तव्य का पालन करने के लिए अपने जीवन को न्यौछावर कर रहा हूँ। यदि वह सलामत रहता, तो समाजवादी मातृभूमि और समाजवादी निर्माण के काम में लगता; लेकिन मेरे विनाश से देशरक्षा और समाजवादी निर्माण करने वालों की पंक्ति में से सिर्फ एक व्यक्ति लुप्त होगा। जिन्दाबाद समाजवादी मातृभूमि! जिन्दाबाद बोलशेविक पार्टी! जिन्दाबाद लेनिन-स्तालिन की पार्टी के सच्चे उत्तराधिकारी, लेनिन-स्तालिन के कम्सोमोल! प्रिय नताशा! तुझसे दुबारा धैर्य धरने की प्रार्थना करता हूँ। अपने को सँभाल! इस समाचार को माँ के पास न पहुँचाना मेरी ओर से पत्र लिखकर उसे तसल्ली देती रहना।

अंतिम अभिनन्दन और बिदा के साथ

तेरा प्राणप्रिय सुहद भाई

यूपरी,

नियाजगुलोफ, 8–4–31।

नताशा इस पत्र को पढ़कर बेंच पर गड़ी-सी निश्चल बैठी रही। उसकी आँखों के सामने एक काला पर्दा पड़ गया था और वह किसी चीज को देख नहीं रही थी, लेकिन वह होश में रही। इसलिए बेंच से नहीं गिरी। तो भी बदहवास की तरह किसी बात को समझ नहीं सकी और न यही जान सकी कि शाला में क्या-क्या चीजें हैं। एक बार

आँख खोलकर देखा तो शाला में कोई नहीं था। डाकिया चला गया था। बुफ़ेत् भी खाली था। विद्यार्थी अपनी-अपनी कक्षाओं में जाकर पढ़ने लगे थे।

उसने खड़ी होकर एक बार फिर पत्र के ऊपर नजर दौड़ायी। उसका शरीर काँप उठा, लेकिन यह कंपन भय के कारण नहीं, बल्कि अत्यन्त क्रोध और घृणा के कारण था। उसकी मेषी-आँखें अपनी नर्मी को छोड़कर लड़ने के लिए तैयार शेर की तरह ज्वाला बरसा रही थीं। उसने अपने प्राणप्रिय भाई को अपनी मानस-आँखों के सामने अंकित करके कहा:

तूने अपने प्राणों की बलि उचित स्थान पर दी। शाबाश मेरे वीर भाई, लेकिन तूने अपने पत्र में एक स्थान पर ठीक नहीं लिखा। तूने लिखा कि 'मेरे नष्ट होने से मातृभूमि के रक्षकों की पंक्ति में से केवल एक व्यक्ति लुप्त हो जाएगा...' यह ठीक नहीं है। तेरी बलि सैकड़ों-हजारों बहादुर जवानों को देश-रक्षकों की पाँती में खींच लाएगी। तेरी बलि के बाद देशरक्षकों की पंक्ति में सबसे पहले जो तेरी जगह को पूरा करेगी, वह मैं हूँ तेरी बहिन।

इसके बाद नताशा ने न किसी से बात की, न स्कूल के मुख्याध्यापक के पास जाकर छुट्टी माँगी और न अपने सहपाठियों से विदाई ली। वह स्कूल के दरवाजे से निकलकर सीधे स्टेशन पहुँची। उसने वहाँ से माँ के लिए सिर्फ एक पत्र लिखा:

"भाई का तार पाकर में उसके पास जा रही हूँ। समय नहीं था कि तुमसे मिलकर विदा लेती। क्षमा कर, मैया! वहाँ से सविस्तार पत्र लिखूँगी।" पत्र को डाक में डालकर नताशा ट्रेन में बैठी और उसी सरहद की ओर चली जिसके पास उसका भाई बलि हुआ था।

8 अप्रैल, 1931 को यूरी सेंचिकोफ़ बासमचियों से मुकाबिला करने के लिए अपने दल के साथ रायन् में गया हुआ था। सेंचिकोफ़ के सभी सैनिक कम्सोमोल थे और वह स्वयं कम्पनी की कम्सोमोल समिति का सेक्रेटरी था।

दंगरा रायन् के न्याजगुलोफ गाँव में अकस्मात् सेंचिकोफ़ के दल का बासमचियों के एक बड़े गिरोह से मुकाबिला हुआ। बासमची बीस गुने थे। सेंचिकोफ़ को समय नहीं मिला कि मोर्चाबन्दी करके बासमचियों से लड़े। उसे खुले मैदान में लड़ने के लिए मजबूर होना पड़ा। यद्यपि युद्ध में पहले बंदूक और मशीनगनें चलीं, लेकिन बासमचियों को अपने विरोधियों की अल्प संख्या का पता चल गया। उन्होंने अपनी बहुसंख्या का लाभ उठाकर कम्पनी के नजदीक पहुँचकर लड़ना शुरु किया। लड़ाई में गोली की जगह बंदूक के कुन्दे, संगीने और तलवारों से काम लिया जाने लगा। सेंचिकोफ़ हर आक्रमण में अपने दल से आगे बढ़कर कुछ बासमचियों का सिर तन से अलग करने लगा।

सेंचिकोफ़ लड़ाई जारी रखते हुए कोशिश कर रहा था कि युद्ध क्षेत्र को किसी अनुकूल स्थान में ले जाय जिससे मोर्चाबन्दी करके बासमचियों से डटकर लड़े, लेकिन घड़ी-पर-घड़ी बासनचियों के पास सहायता पहुँच रही थी और ज्यों-ज्यों बासमचियों को नयी सहायता मिलती, यूरी के दल की हालत और बुरी होती जाती। सेंचिकोफ़ का मनोरथ सफल नहीं हुआ। अपनी नयी कुमक के साथ बासमचियों ने यूरी के दल को घेर लिया और मुक्ति की कोई आशा न रह गयी। सेंचिकोफ़ अपने दल की मुक्ति के लिए चिंतित था। उसने हुकुम दिया कि दल उचास पर चला जाय, लेकिन वहाँ पहुँचने का रास्ता न था। सेंचिकोफ़ ने हुकुम देने के बाद खुद उचास की ओर घोड़ा दौड़ाया। रास्ता रोकने के लिए नियुक्त बासमची सेंचिकोफ़ को थाम नहीं सके। सेंचिकोफ़ घेरे को तोड़ता-ताड़ता एक ओर पहुँच गया।

बासमचियों ने सेंचिकोफ़ को भागते देखकर उसके पीछे घोड़ा दौड़ाया, लेकिन जब भी बासमची उसके नजदीक पहुँचते, वह अपने घोड़े का मुँह फेरकर उनके रास्ते को रोक आक्रमण करके एक-दो को घोड़े से गिरा देता। बासमची लौटकर भागते।

अबकी बार बासमचियों की बड़ी जमात सेंचिकोफ़ के पीछे पड़ी। इससे उसके दल का घिरावा पतला हो गया और दल उसे चीरकर कमांडर का हुकुम बजाता उचास पर पहुँच गया। दल उचास पर मोर्चाबन्दी करके वहाँ से बन्दूकों और मशीनगनों से बासमचियों पर गोली वर्षा करने लगा। गोलियाँ बहुत कम बेकार जा रही थी और बासमची ढेर-के-ढेर जमीन पर लुढ़क रहे थे। लड़ाई में बासमची बहुत मारे गए और

अन्त में भागने के लिए मजबूर हुए, लेकिन भागते हुए भी उनमें से कितने ही जान न बचा पाए। बासमचियों पर विजय हुई, लेकिन कमांडर सेंचिकोफ़ का पता नहीं चला।

सूर्य अस्त हो गया और चारों ओर अंधकार फैल गया। सैनिकों ने मुर्दों और घायलों के बीच बहुत ढूँढ़ा, किन्तु सेंचिकोफ़ नहीं मिला।

दूसरे दिन सबेरा हुआ। सैनिकों ने फिर अपने कमांडर को खोजना शुरू किया। वे ढूँढ़ते-ढूँढ़ते एक मील तक निकल गए और वहाँ एक नाले के किनारे उन्होंने उसके मृत शरीर को पाया। आस-पास बासमचियों के तीन मुर्दे पड़े थे जिनमें से कुछ तमंचे से मारे गए थे और कुछ तलवार से काटे गए थे। सेंचिकोफ़ ने मरने से पहले इन्हें मौत के घाट उतारा था। सैनिक अपने कमांडर के मुर्दे को उठा लाए। जाँच-पड़ताल करने पर उसकी जेब में एक पत्र निकला। इसी पत्र को पाकर यूरी सेंचिकोफ़ की बहिन नताशा सेंचिकोवा देशरक्षकों की पाँती में सम्मिलित होने के लिए दौड़ पड़ी।

1931 के जून का अन्त था। रात को आकाश निरभ्र था और सितारे चमक रहे थे जिनके प्रतिबिम्ब कूल के स्वच्छ जल में दीपक की तरह चमक रहे थे। आमू नदी का जल तरंगित हो रहा था और लहरें एक-एक गज ऊँची सीढ़ी-सी बना रही थीं। पीली मिट्टी मिले आमू के जल में सितारों के प्रतिबिम्ब नहीं दीख रहे थे, किन्तु पीले पानी की सीढ़ियाँ सोने की तरह चमक रही थीं।

कूल और आमू-तट के बीच एक बड़ा शर-वन दिखलायी पड़ रहा था जिसमें हरे सरकंडे मरकत-खंग-सदृश पत्ते फैलाए खड़े थे।

अनाथ, कुर्बान, निकितिन, नवरोज और नताशा, सेम्योन्-सम्योनोविच् के नेतृत्व में अपनी देखभाल में लगे हुए थे। अनाथ और नवरोज एक जगह कुर्बान और निकितिन दूसरी जगह, और नताशा अलग खड़ी नदी की ओर देख रही थी। कभी उनकी नजर बयावान की तरफ जाती और कभी शर-वन की ओर। कोई भी गतिशील

चीज चाहे उड़ता चमगादड़ हो, या पानी में कूद रही मछली, उनकी नजर से छूट नहीं सकती थी। सीना (सेम्योन्) बार-बार आदमियों के पास जाता और उन्हें होशियार करता रहता।

अनाथ और नवरोज शर-वन की उत्तर तरफ थे जहाँ से एक तरफ कूल और दूसरी तरफ नदी-तट दिखलाई पड़ता था।

रात दो घण्टा बीत गयी थी। इसी समय कूल के किनारे अनाथ ने कोई कालिमा देखी। कालिमा किनारे-किनारे शर-वन की ओर आ रही थी। अनाथ नवरोज को होशियार रहने के लिए कहकर अँधेरे में लेटकर कूल की ओर सरकने लगा। अभी वह शर-वन के किनारे कूल तट पर पहुँचा भी नहीं था कि कालिमा कूल के उस कोने पर पहुँच गयी जहाँ यह शर-वन से मिलता था और जहाँ जानवरों के पानी पीने का घाट था। वहाँ जाकर वह अनाथ की दृष्टि से अन्तर्धान हो गयी। वह अब जान गया कि कालिमा कोई आदमी है। वह आदमी पानी या शर-वन में गायब होकर कहीं भाग न जाये, इसलिए अनाथ उठकर तीर की तरह पनघट की ओर दौड़ा। जब वह वहाँ पहुँचा, तो आदमी पानी के किनारे बैठा हाथ-मुँह धो रहा था। आदमी के सजग हुए बिना वह उस पर टूट पड़ा और उसके दोनों हाथों को जोर से कसकर अनाथ ने उससे पूछा :

—तू कौन है? यहाँ क्या काम करता है?

एकाएक पकड़े जाने से आदमी त्रस्त और कंपित था, लेकिन अनाथ की आवाज को सुनते ही वह हँसकर बोला—मैं चर हूँ और तेरे हाथ में पड़ने के लिए आया हूँ।

यह स्वर सुनकर अनाथ का मानसिक तनाव कुछ ढीला हुआ और अपनी ओर पीठ किये आदमी को सामने करके पानी के किनारे से ऊपर ले गया। फिर उससे पूछा :

—तेरा यह काम भयंकर है, रात को यहाँ आकर तूने ठीक नहीं किया।

यह आदमी नारबीबिश थी और उसने अनाथ के अंतिम प्रश्न का जवाब देते हुए कहा—आदमी किसी से प्रेम करता है और उसे एक मास नहीं देखता, तो वह उसे देखने के लिए खतरे की परवाह नहीं करता।

—अगर दिन में आती, तो उतना खतरा नहीं था। सीमान्तपालों में से अधिकांश लोग तुझे जानते हैं, किन्तु इस समय रात में आना बहुत भयानक बात है। मैं भी तेरी आवाज सुनने से पहले तुझे नहीं पहिचान पाया। यदि आगे बढ़कर तेरे पास नहीं आता और तुझे भागता समझता तो आश्चर्य नहीं कि गोली चला बैठता।

–यह हाथ और इनमें सधी बंदूक मुझ पर गोली नहीं चला सकती

–नारबीबिश ने कहते हुए और अनाथ के हाथों को मलते हुए और आगे कहा–यह हाथ समाजवादी जन्मभूमि के एशानकुल बाय और शाकुल जैसे दुश्मनों को पकड़ने और गोली चलाने के लिए है।

–अच्छा, तू दिन में क्यों नहीं आयी?

–काम का समय है, मैं इस साल सरकारी परीक्षा देकर तेख्नीक़ुम् (टेक्निकल हाईस्कूल) समाप्त करना चाहती हूँ।

–आ। इस साल तेख्नीक़ुम् समाप्त कर रही हैं?

–निष्ठुर! नारबीबिश ने अनाथ के हाथों को हिलाते हुए कहा–क्या तू जानता नहीं कि में इस साल तेख्नीक़ुम् खतम कर रही हूँ। जान करके भी अनजान बन रहा है।

–सचमुच नहीं जानता हँसते हुए अनाथ ने कहा, लेकिन उसके स्वर से मालूम होता था कि वह जानता है। इसलिए बात को सुधारते हुए फिर कहा–ठीक है, जानता हूँ, किन्तु सीमान्त पर काम बहुत अधिक है और मेरा सारा ध्यान इधर लगा है। इसलिए भूल गया, नहीं तो जान–बूझकर अनजान क्यों बनता।

–झूठ बोल रहा है–जान-बूझकर अनजान बनने पर नारबीबिश ने कुछ गर्म होकर कहा।

–क्यों झूठ बोलूँगा। जान-बूझकर अनजान बनने से क्या फायदा कि झूठ बोलूँगा!–अनाथ ने हँसते हुए कहा।

–मुझे तो तूने तेख्नीक़ुम् समाप्त करने के बाद के लिए कुछ वचन दिया था। कहीं ऐसा न हो कि तू किसी नवागन्तुक को दिल दे बैठे और वचन भूल जाये। फिर तो कम्सोमोली और बोलशेविकी कर्तव्य के लिए शाबाश–कहना होगा–नारबीबिश ने कहा।

अनाथ ने हँसते हुए कहा–सुन नारबीबिश! अरे, मैंने जो वचन तुझे दिया है, उसे भूला नहीं हूँ लेकिन उस वक्त मैंने सोचा था कि जब तक तू तेख्नीक़ुम् समाप्त करेगी, तब तक में भी अपने दिल के कुछ महत्त्वपूर्ण कामों को पूरा कर लूँगा और संतोष के साथ हम दोनों रजिस्ट्री करके सुख से जीवन व्यतीत करेंगे, लेकिन मेरा वह सोचना और अनुमान ठीक नहीं उतरा। अब भी मैं अपने मन के लायक कोई महत्त्वपूर्ण काम नहीं कर पाया। इसलिए मैं तुझसे प्रार्थना करता हूँ कि जब तक मैं कोई महत्त्वपूर्ण काम

पूरा न कर लूँ, तब तक के लिए मुझे छुट्टी दे दे—अनाथ ने नारबीबिश के हाथों में अपने हाथ को देकर बोलते हुए अपनी निगाह नदी की ओर डाली और फिर कहना शुरू किया में अपने वचन से नहीं फिरा, न किसी को दिल दिया और न दूँगा। दुनिया में मेरे दो ही दिलदार (प्रिय) हैं। एक, तेरी भी दिलदार है, हमारी समाजवादी जन्म-भूमि और दूसरी स्वयं तू है। बस सलाम्। अब विश्वास कर और चाहे न कर।

नारबीबिश ने उत्तर देते हुए कहा विश्वास करती हूँ, लेकिन वह महत्त्वपूर्ण काम क्या है? क्या मैं उसे जान सकती हूँ?

—जान सकती है—अनाथ ने नदी की ओर से आँख को हटाए बिना कहा—मैंने प्रतिज्ञा की है कि जब तक अपने बाप के हत्यारों और माँ के ऊपर आफत ढानेवालों तथा अपनी समाजवादी मातृभूमि के दुश्मनों और अशुभचिन्तकों को गिरफ्तार या नष्ट न कर लूँगा, तब तक इस काम को स्थगित रखूँगा।

नारबीबिश कुछ बोलना चाहती थी, लेकिन अनाथ ने एकाएक नदी की ओर आँख गड़ाकर "ठहर" कहते हुए उसे बोलने से रोक दिया और उसके हाथ से अपने हाथ को निकालकर नदी की ओर सरकते हुए फुसफुसाती आवाज में कहा—तू यहीं जमीन पर लम्बी पड़ जा.... ने, अच्छा है, तू भी मेरी तरह जमीन पर सरकती पीछे-पीछे आ, लेकिन ध्यान रखना कि आसपास का कोई आदमी तुझे न देखे—कहते हुए अनाथ सरकने लगा।

अनाथ ने नारबीबिश से बात करते वक्त नदी के किनारे एक खड़ी कालिमा देखी। वह कालिमा थोड़ी देर खड़ी रह कर फिर अन्तर्धान हो गयी। उसके थोड़ी देर बाद कितनी ही कालिमाएँ प्रकट होकर लुप्त हो गयीं। अनाथ ने नारबीबिश से बात करते यह देखा। फिर उसने पानी के भीतर एक कालिमा को देखा जो कभी लुप्त होती और कभी प्रकट होती तट के नजदीक आ रही थी।

यही कारण था जो अनाथ ने जल्दी में बात काटकर नदी की ओर सरकना शुरु किया। जब अनाथ नवरोज के पास आया तो कालिमा बहुत नजदीक आ गयी और मालूम हुआ कि एक डोंगी आ रही है। वह कभी लहर के ऊपर आती दिखलायी देती और कभी ढँक जाती। डोंगी धार को काटती किनारे की ओर शर-वन के पास आकर ठहरी और उसे एक सबल अभ्यस्त हाथ ने खींचकर बाहर निकाला।

अनाथ ने देखा कि नवरोज पिनक ले रहा है। उसने जगाकर नाव की ओर इशारा किया और नदी-तट की ओर सरकना चाहा। नवरोज ने आँख खोलकर नाव की ओर देखा, लेकिन सीमान्तपालों के नियम को भूलकर सिगरेट मुँह में दबा कर उसने दियासलाई जलायी जिसमे कि सिगरेट के धुएँ से नीद बिलकुल दूर हो जाय। अनाथ नवरोज की इस चेष्टा को देखकर मुँह से आवाज न निकाल सरककर पीछे लौटा और आग को अपनी आड़ में लेकर सिगरेट को मुँह से छीनकर जमीन पर फेंककर उसे पैरों से मसल दिया। फिर फुसफुसाती आवाज में “तू सीमान्तपालों के नियमों को कब याद करेगा?” कहते हुए नदी की ओर सरकने लगा।

लेकिन नाववालों ने नवरोज के दियासलाई जलाने से शायद समझ लिया कि यहाँ आदमी है, इसलिए वह नाव को मोड़कर (अफगानिस्तानी) तट की ओर बढ़ने लगे। अनाथ नवरोज के काम पर अफसोस करके उसे गाली देता बिजली की तरह दौड़कर नदी-तट पर पहुँचा। वहाँ से वह नाव के ठहरने की जगह की ओर चला। सीना, निकितिन और नताशा वहाँ पहुँच गये थे। उन्होंने सरकंडों के बीच खड़े होकर सलाह की

—गोली मारकर नाव को डुबाने के सिवा और कोई उपाय नहीं–निकितिन ने कहा।

—अगर जिन्दा पकड़ते तो और अच्छा था, क्योंकि तब हम भेद लेने में सफल होते–सीना ने कहा।

—पकड़ना ठीक था–निकितिन ने कहा– अब जबकि पकड़ नहीं सके तो उन्हें मार डालना ही उचित है।

पकड़ेंगे–अनाथ ने आकर कहा, जब कि निकितिन अपनी बात समाप्त कर रहा था। उसने शर-वन के भीतर कपड़े को उतारकर सीना से पूछा– आज्ञा?

—जा, किन्तु सावधानी से पकड़ना–सीना ने कहा।

अनाथ के शरीर पर जाँघिए के सिवा और कुछ नहीं था। वह शर-वन से निकलकर नदी-तट पर गया और उसने पानी में जरा भी आवाज किए बिना धीरे से नदी में डुबकी मारी। उसने 50-60 गज का फासला पानी के भीतर-भीतर मछली की तरह तै किया और फिर ऊपर उठकर जरा देर तक साँसे लेकर डुबकी लगायी। अनाथ इसी तरह नाव के पास पहुँचा। मल्लाह ने सीमान्तपालों से अत्यन्त डरकर भाग निकलने के लिए बड़ी शक्ति लगायी थी। इसके कारण उसके हाथ-पैर बहुत थक गए थे और कोशिश के बावजूद नाव धार की ओर बढ़ रही थी।

अनाथ ने नाव के माँगे के पास पहुँचकर रस्सी को बड़ी सावधानी से हाथ में लेकर पानी के भीतर खींचा और डूबकर रस्सी के छोर को अपनी कमर में बाँध कर पानी की तह में बैठा, फिर नाव को किनारे की ओर खींचने लगा, लेकिन नाव वालों को मालूम न होने देने के लिए उसने दस गज किनारे की ओर खींचकर बीस गज धार के साथ जाने दिया।

मल्लाह ने देखा कि नाव सिर्फ धार की तरफ नहीं बढ़ रही है, बल्कि सोवियत-तट के भी नजदीक होती जा रही है। उसने इसका कारण आमू-नदी की तीक्ष्ण धार को समझा और पूरी कोशिश करने लगा कि नाव को दूसरे किनारे की ओर ले जाय, लेकिन उसका सारा प्रयत्न व्यर्थ गया और नाव सोवियत तट के नजदीक होती गयी। अब मल्लाह ने समझा कि नाव को कोई खींच रहा है। उसने ''रस्सी को काटो'' कहकर नाव में बैठे लोगों को आवाज दी और स्वयं घबड़ाकर डाँड़ और जोर से चलाने लगा।

–किस चीज से काटें?–एक नौकारोही ने कहा।

–नाव में छूरा है। उसी से काटो। बहुत ढूँढ़-ढाँढ़ करने पर छूरा मिला, लेकिन वह बहुत भोथा और मोर्चा खाए हुए था। उससे रस्सी नहीं कट सकी। आदमी ने हताश होकर कहा–''छूरा नहीं काटता।''

–ऐसा है तो रस्सी को खोल दो! नाविक ने कहा।

लेकिन रस्सी की गाँठ बहुत दृढ़ थी जो कि पानी से भीगकर और मजबूत हो गयी थी। उसे भय से काँपती अँगुलियाँ नहीं खोल सकीं।

नाव तट के बिलकुल नजदीक आ गयी। नाविक ने ''कल्तबान'' (लंठ) कहकर गाली देते हुए डाँड नाव में फेंक दी और स्वयं रस्सी खोलने लगा, लेकिन अधिक

डाँड चलाने से उसके हाथ फूलकर कड़े हो गए थे और वह रस्सी को खोल नहीं सका। "कल्तबानों" कहते नाव में बैठे आदमियों को गाली देकर बन्दूक हाथ में लेकर नाव के किनारे से अपने को छिपाकर रस्सी खींचने वाले के ऊपर आने की प्रतीक्षा करने लगा। जैसे ही अनाथ साँस लेने के लिए ऊपर आया, उसने गोली दागी, लेकिन गोली दागने से पहले ही अनाथ पानी के भीतर पहुँच गया। गोली की आवाज सुनते ही तीर से भी बन्दूक की गोलियाँ छूटने लगीं। सीमान्तपालों की इच्छा मारने की नहीं, बल्कि वे डराकर उन्हें घबड़ा देना चाहते थे, इसीलिए उनकी गोलियाँ नाव से एक पोरसा ऊपर से निकलीं।

उधर नाव फिर पहले की तरह किनारे की तरफ खींची जा रही थी। गुप्सर में हवा भरो कल्तबानो (लंठो)! पागल की तरह नाविक ने कहा और फिर बन्दूक को नाव खींचने वाले की तरफ करके उसके ऊपर आने की प्रतीक्षा करने लगा।

नौकारोहियों में से एक ने गुप्सर को भरकर चढ़कर भागने के लिए उसे पानी में डाला, लेकिन इसी समय किनारे से एक गोली ने आकर गुप्सर को फाड़ दिया और उसकी हवा निकल गयी।

नाविक ने–"कल्तबान! मैंने तुझे गुप्सर को इसलिए तैयार करने के लिए नहीं कहा कि तू उस पर चढ़कर भाग जाये। मैंने तो उसे अपने लिए तैयार करने को कहा"– कहते अपने सारे कपड़े उतार नंगा हो उसने पानी में कूदना चाहा, लेकिन अभी पानी में कूद नहीं पाया था कि उसके हाथ-पैरों को रस्सी में फँसाकर शक्तिशाली हाथों ने किनारे की तरफ खींचना शुरु किया। ये मजबूत हाथ कुर्बान और निकितिन के थे। अब नाव किनारे के बहुत नजदीक आ गयी थी और ऊपर से लगातार गोलियाँ चल रही थीं। नौकारोहियों ने किनारा पास देखकर अपने कपड़ों को उतारकर पानी में कूदना चाहा, लेकिन इसी समय किनारे से आवाज आयी "हिलना नहीं, नहीं तो गोली से मार दिये जाओगे।" वे रुक गए। यह आवाज सीना की थी। आवाज के साथ तीन गोलियाँ भी सनसनाती हुई नौकारोहियों के कानों के पास से निकल गयीं। वे मुर्दों की तरह नाव के भीतर गिर गये। इन गोलियों को सीना के हुक्म से नवरोज, नताशा और नारबीबिश ने छोड़ा था। नाव नदी-किनारे की कीचड़ में फँसकर सूखी जमीन के पास पहुँचने से कुछ गज पहिले ही ठहर गयी।

सीना, नताशा और नवरोज कीचड़ में कूदते-फाँदते नाव के पास पहुँचे। उनके हाथों में तमंचा था जिसको उन्होंने नौकारोहियों की तरफ तान रखा था। सीना ने नौकारोहियों से कहा–हाथ ऊपर उठाओ और नाव से बाहर आओ।

लेकिन नौकारोहियों ने पानी में कूदने के लिए अपने सारे कपड़ों को उतार दिया था। इसलिए दोनों हाथों को उठाने की जगह वह एक हाथ को गुह्य स्थान पर रखे, दूसरे को ऊपर उठा के नाव के बाहर निकल आयें। सीना उनकी इस हालत को देखकर हँसने लगा और दोनों हाथों को उठाने के लिए मजबूर न करके "आगे-आगे चलो" कहते हुए उन्हें आगे बढ़ाया। उधर सूखे स्थान पर निकितिन ने नाविक का भी एक हाथ आगे और एक हाथ पीछे का पकड़ रखा था। सीना, नताशा और नवरोज ने भी तीनों नौकारोहियों को ले जाकर नाविक के पास खड़ा किया।

अनाथ एक कोने में बैठा था। उसके शिर में नारबीबिश और कुर्बान पट्टी बाँध रहे थे। सीना ने उसे देखकर कहा–एय, तुझे क्या हुआ?–और चिन्तित होकर उसके पास गया।

–कुछ नहीं हुआ, नाविक की एक गोली सिर के चमड़े को छूती चली गयी है। उसी जख्म को बँधवा रहा हूँ।

–गोली एक जगह नहीं, बल्कि सिर में कई जगह लगी है और काफी घाव है–कुर्बान ने कहा।

–घाव लगा है, लेकिन खतरा नहीं है–अनाथ ने कहा कोई भय नहीं है, यह इसी से मालूम होता है कि घायल होने पर भी मुझे उसका पता नहीं लगा है, जब तक कि मैंने जमीन पर आकर सिर से खून निकलते नहीं देखा है।

–काम की गंभीरता के कारण घाव की गंभीरता को जानते हुए भी तूने अनजाना कर दिया होगा–सीना ने कहा– कम्सोमोली वीरों की यह एक विशेषता है? शाबाश।

अनाथ के घाव के बँध जाने पर सीना ने कुर्बान से कहा–तू नताशा के साथ जाकर नाव की चीजें उठाकर ले आ। मैं नारबीबिश के साथ अनाथ की देखभाल करता हूँ–और फिर उसने किनारे-किनारे जाकर अनाथ के सूखे कपड़ों को उसके सामने रखते हुए कहा भीगा जाँघिया उतार और सूखे कपड़े पहिन। तुझे बहुत सर्दी लग गयी है–कहकर वह सरकंडों की आड़ में चला गया।

अनाथ को कपड़ा पहनने में नारबीबिश ने सहायता दी। इसी समय सीना ने वहाँ रखे अपने सैनिक थैले को लाकर अनाथ के पास बैठकर खोला और उसके भीतर से एक लाल-लाल बोतल और एक प्याला निकाला। बोतल को खोलकर उसमें से लाल बरांडी प्याले में डाली। फिर उसके ऊपर दूसरे बर्तन से गरम काफी डालकर उसे अनाथ को पिलाया। पीते ही अनाथ ने शरीर में गर्मी महसूस की और कहा–"एक प्याला और दे।" सीना ने दूसरा प्याला भरकर दिया। अनाथ ने अपने में पूरी शक्ति अनुभव की और सीना की ओर देखकर बोला–बंदियों की तलाशी लेनी चाहिए, उनसे पूछताछ करनी चाहिए।

–पूछताछ करेंगे–सीना ने अपनी जगह पर खड़े होकर कहा–लेकिन पूछताछ करने से पहले देखना चाहिए कि वे साथ क्या लाए है।

X   X   X

नाव में दो बहुत भारी बस्ते, चार चमड़े के थैले, भारी-भारी चीजों से भरा एक पुराने कपड़े का थैला, एक भोथा छूरा, एक बंदूक, एक कारतूसों से भरी पेटी तथा बंदियों के कपड़े मिले।

सीना ने सबसे पहले भारी बस्ते को खोला। उसमें ग्यारह गोलियाँ, पचास बंदूके मिलीं। दूसरे थैले में तरह-तरह की बनावट के तमंचे थे और चमड़े के थैलों में बंदूकों और तमंचों के कारतूस भरे हुए थे। एक थैले में एक पत्र मिला जिसे कुर्बान ने टार्च की रोशनी में पढ़कर रूसी अनुवाद करके सीना को सुनाया। पत्र में हथियारों के बारे में लिखने के बाद लिखा हुआ था:

"............इस वक्त तुम्हारे पास इतने हथियार भेज रहा हूँ। पीछे और भी भेजूँगा। बड़ी सावधानी से रहो और जहाँ तक हो लाल-सैनिकों और लाल-गुरिल्लों के साथ सीधे मुकाबिला न करो। अपनी रहने की जगहों को बराबर बदलते रहो। रात को अधिकतर पहाड़ी चोटियों में बिताया करो। जब भी अवसर मिले, किसानों को लूटने और कतल करने से बाज न आओ। गाँवों को जला दो और ऐसा काम करो कि लोग जिंदगी से बेजार हो जायें। कलखोजों (पंचायती खेती) और कलखोजचियों के साथ तनिक भी दया न दिखाओ! इसे न भूलना कि देहात में आजकल सोवियत सरकार के अवलम्ब कलखोज और कलखजची हैं...."

पत्र के अंत में मुहर और हस्ताक्षर थे जो स्पष्ट नहीं थे।

चीजों की देखभाल कर लेने के बाद सीना ने आफिस में टेलीफोन किया और लारी भेजने के लिए कहा।

अब सीना ने बंदियों से पूछताछ शुरू की :

–तुम्हारा नाम क्या है? तुम्हारे बाप का नाम क्या है? कहाँ के रहने वाले हो और क्या काम करते हो? किस अभिप्राय से इधर आए हो? किसने इन हथियारों को जमा करके भेजा है? और इन्हें किसके पास ले जा रहे थे?

सीना रूसी भाषा में पूछ रहा था और कुर्बान उसका अनुवाद करता जा रहा था, लेकिन बंदी एक भी प्रश्न का जवाब न देकर मोमियायी की तरह निश्चल-नीरव खड़े रहे। सवालों को कई तरह घुमा-फिराकर पूछा गया, लेकिन मुँह नहीं खुला। दिन होने को आया, लेकिन अब भी बंदी कुछ नहीं बोले। अनाथ यह देखकर अपने को रोक नहीं सका और नारबीबिश के मना करने पर भी अपनी जगह से उठकर बंदियों के पास गया जिसमें कि पूछताछ में सहायता करे।

अनाथ ने दिन के प्रकाश में बंदियों को एकाएक देखकर अपने साथियों से कहा–काम पूरा हो गया। तुम लोग पूछताछ करने की तकलीफ मत करो। ये जवाब नहीं देते तो न दें। कोई बात नहीं। मैं इनकी ओर से जवाब देता हूँ। उनकी आँखें अनाथ के ऊपर गड़ी थीं और कान उसकी बात की ओर सधे थे। अनाथ ने सबसे बूढ़े बंदी की ओर संकेत करके कहा :

–यह मेरा भूतपूर्व स्वामी, मेरे बाप की हत्या कराने वाला और मेरी माँ पर आफतें ढाहने वाला एशानकुल मर्दा है।

फिर, मध्यवयस्क बंदी की ओर इशारा करके बोला– यह मेरे बाप का हत्यारा शाकुल सुबहान है।

फिर जवान की ओर इशारा करते हुए बोला वह मेरा स्वामिपुत्र, इसी एशानकुल बाय का बेटा इस्तम् है। अनाथ ने अंत में नाविक की ओर इशारा करके, कहा–यह मेरा अंतिम स्वामी ऊराज अवज मुराद है। इसने अपना सारा जीवन पैसे वाले भगोड़ों की सेवा में बिताया है।

सीमान्तपाल अनाथ के मुँह से बंदियों के बारे में सुनकर बहुत खुश हुए और उन्होंने करतल-ध्वनि करके ''उरा'' का उद्घोष किया। नारबीबिश हर्ष से नाचती हुई पास आकर अनाथ के कान में बोली–अब तेरे वचन पूरा करने का समय भी आ गया है।

–पूरा करूँगा–कहकर अनाथ ने उसके हाथों को दृढ़ता से पकड़ लिया।

जिस समय सीमान्तपाल इस तरह प्रसन्नता प्रगट कर रहे थे, उसी समय नदी के अन्दर से आवाज आयी इस भगोड़े को किनारे पर लाने में मेरी मदद करो।

सभी ने नदी की तरफ नजर डाली। देखा कि नताशा पानी के भीतर नंगी, डूबी हुई गुप्सर पर सवार एक व्यक्ति को पकड़े कीचड़ के पास खड़ी है।

सीना उसकी मदद के लिए दौड़ा और गुप्सर-सवार को गुप्सर के साथ ले आकर बंदियों के पास खड़ा कर दिया।

इस व्यक्ति की पोशाक स्थानीय स्त्रियों जैसी थी। उसके शिर और मुँह में रुमाल बँधा था। सिर्फ आँखों के सामने दो छेद खुले हुए थे।

—इस भगोड़े ने अपने को छिपाने का अच्छा ढंग निकाला है—निकितिन ने कहा।

—मैं भगोड़ी नहीं हूँ, मैं इस आदमी (एशानकुल बाय की ओर इशारा करके) के हाथ से भागकर बोलशेविकों की शरण में आयी हूँ।

आवाज को सुनते ही अनाथ ने "मेरी मैया, मादर जानम्! तुझे देखे कितने दिन हो गए!" कहते हुए दौड़कर उसने उसे अपने अंक में भर लिया।

इसी समय आकाश में बहुत नीचे से उड़ते विमान की घरघराहट सुनायी दी। सबकी आँखे उधर गड़ गयी। विमान ने लोगों के शिर के ऊपर आकर कुछ कागज फेंके। सीना ने एक कागज उठाकर ऊँची आवाज से पढ़ा। उसमें लिखा था:

"बासमचियों का कूरबाशी इब्राहीम बेक जो बाबाताग की ओर भागता फिर रहा था, कल काफिरनिहाँ नदी के किनारे लाल-भालादारों के हाथों पकड़ा गया।"

सीमान्तपालों ने फिर हर्ष-ध्वनि, करतल ध्वनि और "उर्रा" घोष किया। नताशा आज तक न हँसी थी, और न उसने हँसी-मजाक में भाग लिया था, किन्तु इस समय "मेरे प्यारे भाई का हत्यारा पकड़ा गया" कहकर निकितिन के हाथों को पकड़कर नाचने लगी। अनाथ भी माँ के बँधे शिर और चेहरे को खोलकर उसके साथ नाचने लगा। नारबीविश भी नाच के अखाड़े में उतरी और अनाथ माँ को छोड़कर उसके साथ नाचने लगा। बाकी सभी साथी ताली बजाकर ताल देने लगे।

बोझा ढोनेवाली लारी भी पहुँच गयी और बंदियों के साथ हथियारों को भी उसके ऊपर लाद दिया गया।

भुवनभास्कर ने ऊँचे पर्वतों के पीछे से अपने मुख को ऊपर उठाया और उसकी किरणें भूमि और आमू नदी पर बरसने लगीं।